KB038211

DREAMBOOKS

DREAMBOOKS★

독공의
대가

武功大家

권이백 신무협 장편소설

ORIENTAL FANTASY STORY & ADVENTURE

dream
books
드림북스

독공의 대가 5

초판 1쇄 인쇄 / 2014년 12월 26일
초판 1쇄 발행 / 2015년 1월 5일

지은이 / 권이백

발행인 / 오영배
책임편집 / 편집부
펴낸 곳 / (주)삼양출판사 · 드림북스

주소 / 서울특별시 강북구 솔샘로67길 92
대표 전화 / 02-980-2112 팩스 / 02-983-0660
편집부 전화 / 02-980-2116 팩스 / 02-983-8201
블로그 / blog.naver.com/dreambookss

등록번호 / 제9-00046호
등록일자 / 1999년 3월 11일

ISBN 979-11-313-0131-9 (04810) / 979-11-313-0126-5 (세트)

이 도서의 국립중앙도서관 출판시도서목록(CIP)은 서지정보유통지원시스템홈페이지
(http://seoji.nl.go.kr)와 국가자료공동목록시스템(http://www.nl.go.kr/kolisnet)에서
이용하실 수 있습니다. (CIP제어번호: 2014037882)

독공의 대가

壽功大家

권이백 신무협 장편소설
ORIENTAL FANTASY STORY & ADVENTURE

5

dream
books
드림북스

독공의 대가

壽功大家

목차

第一章

정파는 없다

호남에는 사혈련의 총단이 있다. 여기서 호북으로 올라가게 되면 무당파와 제갈세가가 있다. 호남과 호북을 경계로 사파와 정파의 영역이 나뉘는 것이다.

호남에 들어서면서부터 자신을 바라보는 은밀한 시선이 있었다. 뻔한 사람들이다. 정파의 무인들일 것이 분명했다.

평소라면 숨지도 않을 양반들이 숨어 있다.

"흐음…… 차라리 나오자마자 덤벼들었으면 최소한의 인정이라도 하겠는데 말이죠."

─많이도 썩었구나. 내가 있을 때와는 달라. 그때의 정파는 이러지 않았다.

"그래요?"

예전에는 정말 이러지 않았을까? 자신을 공적으로 선포하려고 하면서도, 눈치만 보고 있는 저자들이?

진짜 정파의 정신이 살아 있었다면. 자신이 정말 무림의 공적이 될 만한 짓을 하는 자였다면 이래서는 안 됐다.

저리 눈치를 보고 자신을 살피기보다는 검을 빼어 들고 자신에게 달려들었어야 했다. 그게 정파의 기상이다.

저런 눈치나 보고 있는 무사들을 보고 있는 왕정으로서는 독존황의 말이 도저히 믿기지가 않았다.

—그때는 그랬다. 이 할애비가 출현했을 때는 난리도 아니었지. 눈치를 보지 않았어. 목숨을 버릴 생각으로 달려들었지.

독존황도 살아 있었을 당시에는 꽤 날리는 무인이었을 게 분명했다. 연독기공이 그러했고, 그의 지식이 그 수준을 말해 줬다.

하지만 정작 그가 어디 출신인지는 왕정도 모른다.

어디를 가든 붙어 있는 감시의 시선과 자신의 출신을 숨기려 하는 독존황의 모습에 괜히 핀잔을 해본다.

"어디 출신이었는지 말도 안 해 주면서…… 매일 그런 말만 하신다니까."

—허허…… 때가 되면 가르쳐 주겠지. 그때가 오지 않기

를 솔직히 바라기도 한다.

"왜요?"

—내 고향으로까지 가는 상황이라면…… 그건 최악의
상황이니까.

최악의 상황이라.

독존황은 자신의 고향을 최후의 피신처 정도로 생각을
하고 있는 듯했다. 어딘지는 몰라도 꽤 깊숙한 곳일게 분명
했다.

'뭐…… 대충 예상은 가긴 하지만 일단은 모른 척해야겠
지. 그게 예의니까.'

중요한 것은 독존황의 고향도, 자신에게 따라붙은 정파
무인 답지도 않은 하류 잡배들이 아니었다.

제갈세가.

그나마 제갈세가의 무인들이 보이지 않는다는 것이 다행
이었다.

제갈혜미가 속한 그곳에서까지 본격적으로 척을 졌다면
꽤나 상심이 컸을지도 모르겠다. 왕정은 그리 생각하면서
북으로 발걸음을 옮겼다.

'가게 되면…… 그때는 어떻게든 결판이 나겠지.'

일단 목표는 하남이다.

　　　　　*　　　*　　　*

　호북을 지나 하남의 남쪽쯤에 있는 평여현.

　그곳까지 왕정이 오는 동안 무림맹 측에서는 서로를 성토하는 분위기가 이어지고 있었다.

　애당초 왕정이 공적이 되는 것도 웃기는 상황이니 이런 분위기는 일견 당연한 것일지도 모른다.

　가장 성을 내며 움직이는 자는 당가의 당기선이었다.

　"우선 미리 준비를 하고 있어야 하지 않겠소?"

　"크흠……."

　다른 대부분의 세력들은 당가에 받은 것이 있는 건지, 일단은 동조하기는 했지만 침묵 또한 함께 지켰다.

　왕정을 공적으로 지목할 때에 반대를 하고 나선 무당, 소림, 제갈의 눈치를 보는 것이리라.

　"뭐가 그리 급하오? 많은 무인들이 그를 기다리고 있잖소? 특히 당가는 당기십이대까지 동원을 했잖소!"

　"그래도 그곳에 미리 가 있으면!"

　당기선의 요지는 단순했다.

　어차피 공적으로 선언할 예정이 아닌가. 그러면 우선 그의 의방으로 있는 독지를 점령해 놓자. 그게 피해도 적지 않겠는가.

라는 것이 요지였다.

그 반대 측의 요지는 정반대였다.

공적으로 선언을 한 것도 시원찮기는 하다. 눈치를 보듯 감시를 하는 것도 마음에 들지는 않는다.

그런데 덫까지 놓겠다니. 정말 정파스럽지 못하지 않은가?

다른 이들은 실익만 놓고 보면 당기선의 말이 맞기는 하지만, 반대편의 말을 완전히 무시할 수도 없는 상태였다.

정파의 정신이 사라지기는 했지만, 일단 명목상으로는 정파의 정신을 지키기는 해야 했기 때문이다.

지금도 이미 정파스럽지 못하다. 하지만, 매복까지 하게 되면 정파로서도 꽤나 난감해지긴 할 거다.

"무림 공적을 처리하는 데는 수단과 방법을 가리지 않는 것이 원칙 아니었소?"

"그렇다 해도 정도라는 것이 있는 거요!"

"허어! 공적에게 정도라니!"

가만히 상황을 바라보고 있던 제갈운이 나선다.

"그렇게 처리를 하고 싶다면 당가가 홀로 나서면 될 것 아니오? 원칙을 위해서."

"……."

홀로 나서라는 말에는 당기선도 잠시 움찔할 수밖에 없

었다.

당가 측에서도 얻을 것이 있기에 선봉에 나갈 생각이긴 하다. 하지만 선봉에 서는 것과 아예 홀로 매복을 하는 것은 엄연히 이야기가 달랐다.

피해가 다를 테니까.

그러니 홀로 가라는 말에는 아무 말도 하지 못하는 것이다.

"어차피 그가 하남에 곧 들어서지 않소? 그때 가서 하면 되는 것이오!"

"내 그 말을 기억할 것이오. 혹시라도 놓치게 되면……."

"놓치게 되면 어찌할 것이요?"

상황이 격하게 흘러가려고 하니 무당파의 현청운 장로가 나서 중재를 한다. 그도 현 상황이 마음에 드는 것은 아니지만, 정파의 분열을 가만 볼 수는 없는 듯했다.

"무량수불. 그만 하지요. 일단 그가 오면 이야기는 들어봐야 하지 않겠소이까?"

"이야기는 무슨 이야기! 이미 공적으로 선포된 이요!"

"허허……."

한 문파와 그에 매수된 자들에 의해서 이야기는 돌고 돈다. 누군가는 침묵을, 또 누군가는 아집을 낳아 균열을 만들고 있었다.

'어쩌다 무림이 이 지경이 되었누…….'

아직까지 정파의 정신을 간직한 이들은 눈을 질끈 감으며, 현실을 외면할 뿐이었다.

'미야, 네가 원하는 대로 해 주었다. 과연 원하는 것이 무엇이더냐?'

다만 제갈혜미의 아버지 제갈운만은 눈을 빛내고 있었다. 무언가를 생각하고 있는 듯이, 먼 곳을 응시하고 있을 뿐이었다.

*　　　*　　　*

의방에 들어오니 분위기는 어수선했다. 사람들은 여전했지만, 불안한 기색이 역력했다. 왕정을 보자마자 사람들이 달려온다.

"아이쿠. 의원님 돌아오셨구면요."

칠우 아버지다. 왕정을 은인으로 모시고 있는 그는 왕정을 걱정하는 기색이 역력했다.

무림과는 관련이 없는 양민인 칠우 아버지마저도 현재의 분위기를 느끼고 있는 듯했다. 하기야 오는 길에 보니 많은 이들이 대놓고 진을 치고 있었다.

그들이 지금 자신에게 시간을 주는 것은 정파인으로서 마지막 남은 자존심이리라. 웃기지도 않는 존심이다.

"무림인들이 아예 진을 치고 있습니다. 듣기로는 의협님을 데려간다고……."

"아마도 맞을 겁니다."

"어이쿠! 대체 뭘 잘못하셨다고 데려간단 말입니까!"

"모르죠."

알 리가 없다. 자신은 단지 환자를 치료했을 뿐이다. 자신을 안타까운 눈으로 보는 아칠 의원도 모를 게 분명했다.

칠우 아버지가 좋은 생각이 났다는 듯 말한다.

"이거 이럴 게 아니라 현령님을 찾아가는 것이 어떻겠습니까? 현령님이라면……."

왕정만큼이나 양민들로부터 두터운 신임을 받는 자가 현령이다. 칠우 아버지가 보기에는 그러면 이 일을 해결해 줄 수 있을 거라 여기는 듯했다.

하지만 안 된다.

아무리 현령이라는 자리 이상의 능력을 가지고 있는 그라고 할지라도 현재의 상황을 돌리기에는 무리다.

구파일방이 나서게 되면 일개 현령이 처리할 수 있는 범위를 넘어서게 된다.

'괜한 희망을 심어 주어서는 안 되겠지.'

왕정은 어설프게 웃으며 고개를 휘휘 저었다. 안 된다는 소리다. 칠우 아버지도 뜻을 알아들었다.

"의협님이 대체 왜! 대체 왜! 이런 일을 당해야 한단 말입니까요."

"……."

칠우 아버지가 망연자실한 표정을 짓고 주저앉는다. 옆에서 가만 돌아가는 상황을 지켜보던 양민들이 웅성웅성댄다.

"대체 어떻게 된 게야?"

"우리는 어떻게 하지……."

"일은……."

어느새부터인가 평여현은 왕정의 영향력이 꽤나 커져 있었다.

그가 있어 현에 많은 이들이 찾아와서 돈을 썼다. 그가 있어 일자리를 얻었고, 그가 있어 경제가 돌아갔다.

또한 인심을 얻었었다. 해골독협이라는 웃기지도 않는 별호를 가진 그이지만 그의 실력은 진짜배기였다.

생계를 위해 달고 사는 골병을 그가 치료해 줌으로써 현에는 활기가 넘쳤다.

그는 그런 사람이다. 몇 년 되지도 않는 기간 동안 이곳에 있었지만, 어느샌가 현에 중요한 사람이 되어 버렸다.

그런 이에게…… 위기가 닥쳤다.

멍한 표정을 짓던 칠우 아버지가 분노 어린 표정을 지으면서 말한다.

"이렇게는 안 됩니다요! 우리 의원님을 대체!"

"맞습니다! 어찌 우리 의원님을!"

"말려야 합니다. 아니 우리가 가서 사정을 하면 봐줄지도 모릅니다."

이들은 진심이다. 굳이 생계 문제가 아니라고 하더라도 자신을 위해서 움직여 줄지도 모른다.

─어서 말리거라.

허나 독존황의 말대로 말려야 했다.

양민들이 가서 말린다고 될 일이 아니었다. 그들의 마음은 진심이며, 또한 고마운 마음이었지만 받아들여서는 안 됐다.

되려 그들이 나섰다가는 무림 공적과 같은 패거리라며 죽일지도 모르리라. 정파의 정신이 사라진 그들이라면 충분히 가능할 거다.

말도 안 되는 소리지만 그가 양민들을 현혹시키는 사술을 썼다고 할지도 모를 일이다.

"……마음은 감사히 받겠습니다. 하지만 현 상황이 그리 좋지는 못한 듯합니다."

"저희가 할 수 있는 것이 정녕 없습니까?"

"……예."

"아!"

칠우 아버지가 망연자실한 표정을 짓는다. 아무것도 하지 못하는 자신의 처지가 답답하게 여겨져 그러한 것이리라.

왕정 또한 몇 년 전까지는 같은 처지였기에 그들의 마음을 알고 있다. 그렇기에 침묵을 유지할 수밖에 없었다.

'어쩌다 상황이 이렇게 된 건지.'

웃기지도 않는다.

자신은 치료를 했을 뿐이다. 환자라면 누구나 치료를 한다. 그건 의술을 제대로 익히지 못한 자신이라고 해도 안다.

사이비 의원이라고 하더라도 안단 말이다!

할 일을 했을 뿐인데도 자신을 공적으로 몰아가려고 하는 족속들이라니? 그들이 정파인가?

또한 그런 족속들과는 다른 듯이 자신에게 사혈련에 들라 제의를 하던 련주는 또 어떠하던가?

아무리 실용적인 성격을 가진 사파라지만, 련주가 할 말치고는 졸렬하지 않은가.

이 웃기지도 않는 상황에서 자신이 할 수 있는 것은 단순히 정리 외에는 달리 없었다.

돌아오지 못할 수도 없지만 말한다.

"나중에 제가 돌아올 때를 생각해서 잘 있어 주시겠습니까?"

"……가시는 겁니까?"

"아무래도 그래야 하지 않겠습니까. 잠시만 기다리시지요."

왕정은 자신의 처소에 들어가 안에 있던 금자들을 꺼내어 들었다.

'전표로 있는 것은 일단 내가 써야 하니 빼더라도…….'

독지에 많은 돈을 투자하느라 그리 많은 돈이 남은 것은 아니지만 그래도 금자 백여 냥은 넘어갔다.

이 정도의 돈이라면 의방을 닫게 되더라도 당장에 생계가 막막하게 된 현의 주민들에게는 큰 도움이 되리라.

처소를 나서기 전에 푸념을 한번 해 본다.

"제가…… 돈만 밝히던 저란 놈이 이런 생각을 할 줄은 정말 몰랐네요."

—돈 이전에 정이 들어서겠지.

"정이라…… 정말 무서운 거네요."

—그래. 세상 무엇보다 무서운 것 아니겠느냐. 허허.

자신의 손주인 왕정이다.

그런 손주가 바른 일을 하려고 하니, 독존황은 한심스러운 상황 와중에서도 기쁜 웃음이 나왔다.

"칫. 할아버지는 언제나 속 편하다니까요?"

마지막 푸념을 하고는 처소를 나서는 왕정이다. 그러고는 그는 "의원님!"하면서 다시 다가오는 양민들에게 돈을 나눠주었다.

은자 한분, 동전 한 냥도 귀중히 여기던 그가 아무런 대가 없이 양민들에게 선의를 베풀었다.

다시 되돌려 받지 못할 선의일 것이 분명했으나 지금 이 순간만큼은 마음 가는 대로 행할 뿐이었다.

그렇게 왕정은 의방에 있던 많은 이들을 정리했다.

*   *   *

"안 가십니까?"

많은 이들이 떠나고도 한 명이 남았다. 파견을 나와 있던 무림맹 무사 이환조차도 떠나갔는데 의외의 사람이 남았다.

정의방 출신이라지만 무력은 그리 높지 않은, 타고난 하얀 피부로 순해 보이는 인상을 가진 아칠 의원이었다.

양민들을 다 보낼 때도 침묵을 유지하고 있던 그다. 오직 안타까운 눈만을 했을 뿐이다.

"때가 되면 가야지요. 하하."

"이미 때가 지난 거 같습니다. 이대로라면 위험하실지도 모릅니다."

정의방 출신이다. 게다가 정의방에서도 귀하게 여기지 않는 자이기도 했다. 고아 출신이니까.

그는 달리 끈이 없는 사람이다. 그러니 처음 이곳에 올 때도 자신의 비법이나 알아보라고 보냈을 거다.

아무런 알아낼 것이 없는 뒤에야 순수한 의미로 남았다지만 말이다. 게다가 그의 동료 우원방 의원마저도 떠나지 않았던가.

이대로 있다가는 공적의 동료라는 말을 들을지도 모른다. 의원이 본업이라도 무공을 익혔기에 더더욱 그럴 확률이 높았다.

"저를 걱정하실 것이 아니라 독협님부터 걱정하셔야 하는 거 아닙니까?"

"저야 어떻게든 살 궁리를 하면 되니까요."

자신은 살 수 있을 것이다. 그저 절정에 머무른 고수였다면 모르겠지만, 익히고 있는 것이 꽤 많았다.

게다가 이무기라 불리던 녀석의 독을 얻은 덕에 벽을 깨부순 자신이다. 그에 걸맞은 무공인 연독기공도 익히고 있는 터.

전보다 배는 강해졌으면 강해졌지, 약해지지는 않은 자신이다. 그리고 이곳은…… 자신의 영역이다.

"하하. 살 궁리라…… 이미 궁리는 했습니다. 다만 해야 할 의무가 있어 남은 것입니다."

"의무요?"

"예. 전해 드려야 할 것이 있습니다."

"전해 주실 것이라……."

"이것입니다."

약이라도 되는 것일까? 어지간한 요상약은 듣지도 않는 몸이다. 독공을 익혀서 약에 내성이 큰 탓이다. 독공에 의한 일종의 반작용이다.

아칠도 그것을 모를 리가 없었다. 헌데 그가 품에서 꺼내 든 것은 요상약이 아니라 잘 봉인된 서찰이었다.

"이건……."

"제갈가의 소저가 맡기셨습니다. 이것에 의원님을 살게 할 궁리가 담겨 있다 하더군요."

"흠……."

다른 이도 아닌 제갈혜미의 서찰이다. 보통의 내용일 리가 없었다.

―많은 이들이 너를 챙기는구나. 허허.

[그러니까요…… 꽤 복 받은 느낌이네요.]

그가 서찰을 받고 가만 서 있으려니, 아칠이 진지한 얼굴
로 물어본다.

"같이 있어도 되겠습니까?"

"……안 됩니다."

이 사람은 진심이다. 그러니 딱 끊어 이야기해야 했다.
그가 혼란스럽다는 듯 말한다. 왕정이 오기 전까지 생각한
바가 많은 듯했다.

"솔직히…… 모르겠습니다. 무엇이 정의이고, 무엇이 정
파인지를요."

"제 앞이면 몰라도 어디 가서 그런 말 하시면 안 됩니
다."

"……."

순수한 의원이다. 순수하게 사람을 치료하고 싶어 한다.
그 누구보다 정파인다운 사람이 아칠이다.

자신의 직책 때문에 이미 떠나가고 없지만, 파견 무사였
던 이환 또한 정파인이었다. 되려 정파는 위가 아닌 아래에
서 정신이 지켜지고 있었다.

그것을 알기에 왕정은 다시금 아칠에게 말했다. 확답을
받아야만 했다.

"아시겠지요? 꼭 하시면 안 됩니다."

"하지만! 무엇이 옳은지를 모르겠습니다! 정의를 행한다는…… 의를 행한다는 정의방마저도 독협님을…….."

공적으로 만드는 데 찬성을 했겠지. 뻔하지 않은가. 학관에서 그리 충돌을 했는데 찬성하지 않았을 리가 없다.

"하하. 정의요, 의요 하는 것들은 의미가 없습니다."

"그럼 무엇이 의미가 있습니까?"

"의지겠지요."

"의지요?"

"예. 저는 살고자 하는 의지가 있고, 아칠 의원님께서는 정의(定意)에 대한 의지가 있습니다."

"그게 다 무슨 소용이랍니까!"

이해하지 못할 말일지도 모른다. 자신 또한 새로운 깨달음에 많은 경험들이 쌓이지 않았다면 말하지 못할 바일지도 모른다.

의지가 중요하다는 그런 말은 어쩌면 허풍스러운 말이 될지도 모를 말이다. 허나 왕정은 이 정의 넘치는 의원에게 말해 주고 싶었다.

"그 무엇보다 중요한 겁니다. 그러니 기억하십시오. 지금 내뱉었던 의지를요. 마음에 또 새기고 새기십시오. 지금의 모든 것을요."

"……."

낯간지러운 소리다. 하지만 왕정으로서는 진심이기도 했다. 또한 그가 전해 줄 수 있는 모든 것이기도 했다.

그것을 느낀 것일까?

"잘 모르겠지만…… 기억하겠습니다. 그동안은…… 감사했습니다."

그가 울듯이 붉어진 눈을 하고는 왕정에게 인사를 올린다. 나이는 왕정보다 많음에도 윗사람을 대하듯 예를 취한다.

그러곤 그는 뒤도 보지 않고는 왕정의 의방에서 떠나갔다. 왕정이 말했던 의지라는 것을 가득 안고서.

그 의지라는 말. 변질되어 버린 정파에 혼란을 느끼는 젊은 의원의 발걸음은 외로워 보이기만 했다.

약하기만 했던 의원이 언제고, 큰 사람이 되어서 나타나는 상황은 생각하지도 못했으리라.

순수하기만 했던 의원 아칠이 모든 혼란을 안고서 떠나갔다. 의방을 떠나는 마지막 사람이었다.

그리고 이튿날 아침.

이 날을 기다렸다는 듯이 무림맹의 인사들이 찾아왔다.

그들은 응당 해야 할 일을 한다는 듯이 당당하게 외쳤다. 자신들이 하는 일에 대한 부끄러움 따위는 알지도 못하는 듯했다.

이때를 대비하여 예단이라도 한 듯, 번듯한 옷을 입고 온 무림맹 무사들이다. 목소리 또한 쩌렁쩌렁 했다.

"무림 공적! 왕정은 오라를 받으라!"

—허허. 저들이 농이 늘었구나?

"택도 없는 소리!"

재미있는 인사들이지 않은가? 오랜만에 한바탕 푸닥거리라도 해야 할 상황인 듯했다.

第二章

재밌는데?

　상황은 재미있게 그려졌다. 당장에 무사들을 투입하나 했더니, 모든 것은 제갈혜미가 예상하는 대로였다.

　―천재는 천재구나.

　[그러게요.]

　그녀가 서찰에 말했었다.

　　무림맹이 원하는 바는 적은 희생입니다. 어떤 식 이든 희생을 줄일 수 있는 방법이 있다면 그걸 택하 겠지요.

　　첫 수는 도발입니다. 다음 수는 유인.

자신을 유인할 거라 말했다. 아니면 지금 보이는 상황처럼 오라에 묶어 끌고 가거나. 어느 쪽이든 자신들의 희생을 줄이는 방향이다.

무림맹 인사가 이대로 순순히 오라를 받을 것이라고는 여기지 않았는지 다시금 외친다.

"정녕 공적으로서 대우를 받길 원하는 것이더냐?"

"이미 공적이라고 하고 있잖아?"

"네, 네놈! 내가 당장에 내려가 연통을 넣으면 네놈은!"

제갈혜미가 예상한 대로 상황이 돌아가고 있었다.

연통을 넣을 것을 막기 위해 따라오기라도 하란 건가? 아니면 정말 이런 얕은 수로 유인이 될 거라 여긴 것인가?

'웃기지도 않는다.'

가지 않을 것이다. 또한 그들이 만들어 놓은 판에 갈 필요 또한 없었다. 대체 무슨 생각으로 살길래 이런 얕은 수를 만드는지 모를 정도다.

"이미 공적이라고 말했는데 뭐가 필요하나? 가서 핑계라도 대라고?"

"이익! 네놈은 대체!"

유치하다. 누군지는 몰라도 이 작전을 입안한 자는 적어도 제갈가는 아닐 듯했다.

결국 놈들은 아무런 수확도 얻지 못한 채로 물러났다. 왕정이 요지부동으로 있는데 그들로서도 달리 수는 없었던 것이다.

"차라리 처음부터 무림맹 무사들을 끌고 왔으면 좋을 텐데 말이죠."

—알량한 자존심 아니겠느냐? 공적이라고 한번 선언도 할 겸 왔겠지.

"우습네요."

차라리 호남성에서 이런 선언을 했더라면 좀 더 나았을지도 모른다.

자신들이 가질 실익은 실익대로 챙기려 하면서도, 그놈의 예법이니 뭐니를 하려는 꼴을 보고 있으면 우습기만 했다.

*   *   *

"역시 처음부터 쳐들어가는 것이 낫지 않겠소이까?"

"허허…… 아무리 잔혹한 무림의 공적이라 해도 무림맹은 언제나 그래왔소."

오라를 받으라 사람들이 다가선 것이 아주 없지는 않은 관례긴 했다. 당기선도 이 정도는 알았다.

"후우…… 그럼 이제 어떻게 할 것이오? 저놈은 오라를 받지도, 자신에 대한 해명도 하지 않았소."

"해명할 것도 없어서겠지."

왕정이 공적이 된 것은 어차피 정치 놀음 때문이다. 해명을 하려고 한다는 것 자체가 웃긴 일인 셈이다.

그런 핵심을 찌르고 오는 관언이다. 회의 내내 침묵을 지키던 그치고는 꽤 과격한 언사기도 했다.

"뭐, 뭐요?"

"틀린 말을 했소이까? 솔직히 나는 모르겠소이다."

"그럼 놈이 공적이 아니란 말이오?"

"공적은 공적이겠지. 가부 결정을 했으니까."

"그럼 따라야 하지 않겠소? 특히나 무림맹 학관 출신이신 관언께서는 더더욱!"

언제가 관언을 옭아매는 말이다. 무림맹에서 나고 자란 고수이니 무림맹의 말을 따라야 한다는 되도 않는 논리로 묶여 있던 그다.

'지금도 묶여 있지. 그래.'

물론 지금도 무림맹 인사로서 공적이 된 왕정을 처리하기 위해 나서기는 해야 할 거다. 하지만 열정적으로 왕정에게 덤벼드냐는 그의 맘이다.

"따라드리기야 해야겠지요."

"허어! 공적을 처리하는 태도치고는……."

"됐소. 더 말을 할 것도 없고. 어차피 시간은 되었지 않소이까? 미리 정한 대로 움직이면 될 뿐이오."

작전은 이미 짜여져 있다.

왕정을 유인하는 것도, 왕정에게 오라를 받으라 하는 요식 행위도 전부 끝났으니 남은 것은 작전대로 움직이는 것뿐이다.

작전?

선봉이자, 이번 일의 중심은 당가다.

그들은 당가의 정예라 할 수 있는 당가십이대를 동원해서 왔고, 그 외 여러 무사들도 함께 데려왔을 정도다.

당가 사람이어서기도 하지만, 대부분 독에 일가견이 있다고 알려진 자들이었다.

제갈가에서 판단하기로는 이번 일을 통해서 당가가 톡톡히 이득을 얻으려고 하는 것으로 판단되었다.

'독지에서 나오는 온갖 독충들에 대한 연구를 하고 싶은 거겠지.'

공적을 처리하려고 하는 것보다는 이번 일을 통해서 득을 얻으려는 마음이 더 큰 것이리라.

어느 쪽이든 제갈가는 이미 들은 바가 있기에 이번 작전에서 뒤로 빠지기로 했다. 소림, 무당들도 마찬가지다.

어지간한 문파의 사람들은 당가가 선봉으로 나선 것을 보고는 뒤로 빠졌다. 명목은,

"독에서는 우리가 힘을 쓰기 힘드오. 듣기로 독지가 있다 하니 주인공은 당가겠지."

"대신에 우리는 도주를 막도록 하겠소이다."

정도였다.

당가에서 받은 것이 있어 왕정을 무림 공적으로는 만들었다. 하지만 실제적으로 피해는 보기는 싫으니 당연한 일이다.

당가의 입장에서야 받아들일 수밖에 없었다.

게다가 왕정 하나를 처리하는 데 당가십이대에 당가 무사들까지 있는데 무엇이 문제인가 하는 생각도 있었다.

아무리 대단해도 개인, 단지 절정 끄트머리에 이른 고수일 뿐이다.

아무리 날고 기는 자라고 해도 당가의 정예들이 나서는데 질 거라는 생각은 전혀 하지 않고 있었다.

"가자!"

"명!"

그렇게 그들은 왕정의 '영역'에 쳐들어갔다.

*　　　*　　　*

"우습지도 않네요."

—허허. 죽을 곳을 찾아오는 부나방인 게지.

이곳에 온 무인들만 해도 물경 천에 육박한다고 들었다. 자신이 처리했던 산채의 인원들보다 훨씬 작은 인원이지만 그 질은 달랐다.

산적 패거리의 대부분은 양민에서 먹을 것이 없어 산적으로 전향하는 경우다.

하지만 이곳에 있는 무인들은 애시당초 무를 닦는 데 평생을 받친 자들이다. 질이 다를 수밖에 없다.

그런 자들이 쳐들어오건만 왕정은 별달리 긴장을 하지 않고 있었다. 제갈혜미가 말했다.

이득을 탐하는 사특한 무리입니다.

오는 자들은 당가의 무리일 것이 분명합니다. 대다수는 상황을 관망할 것이니 이를 이용해야 합니다.

진을 역으로 사용하는 방법을 알려 드리겠습니다. 그리고 당가의 야욕을 막는 교두보가 되어줄 것입니다.

서찰대로다. 평여현에는 많은 무인들이 있었으나 적극적으로 나서는 자들은 당가 무인들뿐이다.

"죽을 자들이죠."

까득.

이를 갈면서 동시에 왕정은 할 일을 했다. 제갈혜미가 서찰에 적어둔 대로 일장만로진의 변화를 준 것이다.

찰카악.

안과 밖의 모든 생물들에게 혼란을 주며 되돌아가게 했던 일장만로진이 변화했다. 이제는 그 누구도 빠져나가지 못하게 하는 진이다.

금진(禁陣)이 된 것이다.

이 산에 들어온 당가의 무사들은 이 진을 설치한 제갈혜미가 오지 않고서야 빠져나갈 수가 없다.

처음에 이곳에 발을 들이기 전까지만 해도 기세등등했던 당가의 무사들이다. 특히 어느새부터인가 왕정하면 이를 갈던 당기선으로서는 꿈에 바라던 상황이기도 했다.

그런데 틀어지고 있었다.

"뭔가?"

언제부터인가 자신을 따라오던 무사들이 점차 보이지 않는다. 충직하기만 하던, 그를 처리하기 위해 진을 꾸려 왔던 당가십이대가 보이지 않는다.

당가를 도와주러 왔던 당가의 식객들이 보이지가 않았다.

'이게 대체…….'

홀로 남은 상황이란 말인가? 얼마 전까지만 해도 함께하던 이들이 보이지 않자 그는 걸음을 멈추었다.

'진을 해진하는 것은 불가. 내 능력 밖이다. 그럼?'

독에 관해서는 자신의 능력을 과신하기는 하지만, 그는 진에 관해서는 문외한이다. 그러니 과신을 할 수가 없었다.

해서 그는 멍청한 짓을 했다. 당장의 문제를 해결하기를 포기하고 걸음 자체를 멈추어 선 것이다.

무엇이라도 해 보려 했다면, 달라질 수도 있을 문제를 그는 포기를 함으로써 해결할 일말의 가능성조차도 없애버렸다.

당기선이 혼란의 틈바구니에서 홀로 유유자적하고 있을 때. 왕정은 몸을 바삐 움직였다.

'살수를 펼치는 것은 분명 좋지 못하지만…… 어차피 당가는 적이다.'

다른 곳도 아닌 당가의 무사들이 오지 않았는가. 언제고 앙금을 풀어야 할 당가의 무사들이 왔으니 가만있을 수가 없었다.

　—살육은 좋지 못하나 당가는 정리를 좀 해야겠지.

　살수를 자제하라고 말한 독존황조차도 당가를 처리하는 것에는 찬성을 했을 정도다.

　'저기 있군.'

　진이 있다고 하더라도 적어도 이곳 독지 내에서만큼은 자유로운 왕정이다. 이미 제갈혜미가 건넨 서찰에 어떻게 움직여야 할지가 쓰여 있었다.

　확실히 그녀는 천재였고, 그녀가 말한 바대로 움직이니 눈앞에 적이 보였다. 당가의 무사들이다.

　"대체 이게!"

　"해독단을 먹어."

　"이미 먹었다고. 그런데도 몸이 저릴 정도라니…… 으으."

　그들은 현재의 상황이 당황스러운 듯했다.

　독지에 올 것을 미리 알고 당가의 특제 해독단을 먹고도 몸이 저리니 당연한 당황일지도 몰랐다.

　적어도 독에 관해서는 자신들이 최고라는 자부심을 가진 자들이 당가의 무사들이니까.

　'그런 자부심도 톡톡히 깨어줘야겠지.'

　저들과 싸울 필요도 없다. 싸우는 것은 대결. 대결을 벌일 것이라면 푸닥거리라고 표현하지도 않았을 거다.

자신이 하는 것은 사냥이다.

콰아악.

오랜만에 든 활이다. 평소 손질을 제대로 해두어서인지 나쁜 상태는 아니었다. 아니, 문제가 있는 것이 이상하기도 했다.

─재미있는 일을 하는구나? 어차피 강기를 사용할 것이 아니냐.

"혼란을 주는 것도 나쁜 일은 아니겠죠. 시체를 보고도 판단하기 힘들 겁니다. 과연 이곳의 생물들이 그대로 시체를 보존해 줄지는 모르지만요."

어느샌가 활에 화살이 매겨졌다. 아니, 저건 화살이 아니었다.

강기다!

독을 머금은 강기. 이무기의 독을 흡수하고 벽을 깬 왕정이 부릴 수 있는 최대의 무기이기도 했다.

푸슉.

일반적인 화살처럼 곡선을 그리는 것도 아니다. 그대로 쏘아져 나아간다. 아니, 강기가 활에 쏘아져 나간다는 것 자체가 괴이한 일이었다.

─재미있는 술수구나.

"강기를 제대로 구체화하면 이렇게 되는 거겠죠. 독이다 보니 더 쉽고요."

─네가 강기에 대한 수련을 오래해서 그런 것도 있을 것이다.

그의 말대로였다. 생각보다 쉬이 만들어진 강기 화살은 제대로 가서 박혔다.

"크흡."

"왜 그러나?"

"뭔가에 찔린 거 같은데."

파괴력만 가진 일반 강기와는 달랐다.

왕정에 의지가 구현된 것이나 마찬가지인 강기는 몸에 닿은 순간 당가 무사의 몸속에 그대로 파고들어 갔다.

"왜 그래?"

'이게 대체! 어떻게!!!'

당가의 무사는 입도 벌리지 못했다. 물음에 답을 하지 못하는 것은 당연했다. 움직이고 싶어도 온몸이 그대로 굳어 버렸다.

왕정이 가진 독의 성분 중에서 마비독의 성질이 그대로 발동이 된 것이다. 그러고는.

"크르륵."

질질 침을 흘리기 시작했다. 아니, 내장을 그대로 뱉어낸다고 해야 할까?

오장육부가 그대로 뒤틀리기 시작한 것인지 온몸을 덜덜 떨며 구멍이란 구멍에서는 모든 것을 게워내기 시작했다.

칠공에서 피를 흘리는 정도가 아니었다. 이건 온갖 잔혹한 일을 도맡아 해온 당가의 무사로서도 견디기 힘들 그 어떤 광경이었다.

"독!"

그나마 독이라고 판단할 이성이라도 남은 것이 다행이랄까? 아니, 판단을 하기 이전에 도망을 쳤어야 했을 것이다.

슈욱.

"큭⋯⋯."

단말마가 마지막이었다. 강기의 화살이 박혀든 그는 옆에 있던 무사와 같은 처지가 되었다.

"활을 써도 결국 강기가 녹아들면 별 차이가 없게 되는군요?"

이미 사냥꾼의 눈을 하고 있는 왕정은 평상시와는 다른 모습으로 품평을 하고 있었다. 평소 실없는 모습을 보이는 그와는 전혀 달랐다.

─네가 활에 관련된 무공을 사용한 것처럼 보이고 싶었던 게로구나?

"예. 솔직히 그랬죠. 제가 여러 가지를 할 수 있다 여기게 되면 저쪽도 당황을 할 테니까요. 그런데 소용이 없게 됐네요."

—그래도 시도는 좋았다.

적에게 혼란을 주려면 무엇이든 하는 것이 좋은 법이다. 나쁜 일은 아니었다. 한쪽은 끝났다.

그리고 남은 사냥감들은 아직도 많았다. 그렇다면 다음은?

"이제는 몰이를 좀 해볼까요."

—몰이라……

찰칵.

다음 단계가 시작되었다.

키이이익!

킥!

왕정의 독지에는 수없이 많은 생물들이 있다. 그들은 번성을 하기도 하고, 또 어떤 때는 그대로 멸종당하기도 했다.

어떤 것들은 종의 한계를 뛰어넘기도 했으며, 또 어떤 것들은 천적을 먹이로 삼았다. 하루, 하루가 다른 곳이 이곳 독지였다.

그곳에서의 왕은?

당연히 독지를 만들어 낸 왕정이다. 그의 독을 양분삼아 자란 것들이니 어쩔 수 없는 것이기도 했다.

왕인 왕정이 독지의 생물들을 몰기 시작했다. 직접 움직일 필요도 없었다.

제갈혜미가 마련해 준 만독해진을 역으로 돌리면 독을 막아내는 것이 아닌 독을 가진 생물들을 몰이 하는 진으로 변환시킬 수가 있었다.

'외부에서 작용하는 진의 기능은 그대로 두면서도 내부는 혼란으로 몰고 갈 수 있단 말이지.'

키이이익.

효과는 바로 나타났다.

많은 이들이 독지에 들어오고, 생물 특유의 조심성으로 서식지에만 있던 독을 가진 생물들이 곳곳에서 튀어나오기 시작했다.

혈서. 칠독사. 맹아충. 진명사…….

중원에서 최고로 알아주는 생물들은 아니더라도, 모두가 치명적인 독은 가지고 있는 것들이 미친 듯이 움직였다.

"무, 무슨!"

"독지가 미쳐 날뛰고 있다!"

당가의 무사들도 독지에 대비를 하긴 했다. 하지만 대비

정도다. 독지가 미쳐 날뛰게 될 것이라고는 예상도 못했다.

그 대가를 치러야 했다.

"크읍. 물렸다."

"버텨 봐!"

다른 무림인들보다는 상황이 낫긴 했다. 물렸다고 바로 중독이 되지는 않았으니까. 하지만 딱 그뿐이다.

어차피 당할 놈은 당한다. 언제 당하느냐의 차이만 있을 뿐이다.

"크으…….."

한 마리는 버틴다. 두 마리는? 세 마리는? 계속해서 달려드는 독충들은!

아래에도 위에도! 그 어떤 곳이라도 시야가 닿는 곳이라면 어디든지 독을 가진 생물들이 그들을 기다리고 있었다.

물고, 뜯고, 쏘고.

그 모든 것들이 동시에 이뤄졌다. 왕정이라고 해도 절정에 이르기 전에는 치명적일 수 있는 상황이었다.

그러한 것을 어찌 버틸까!

풀썩.

당가십이대에 속하여, 당가의 정예였던 무사 하나가 그대로 몸을 눕힌다. 말도 안 되는 소리지만 사인은 독에 의한 독사(毒死)다.

그 장면을 바라본 동료들이 혼란에 빠져든다. 당가의 무사가 독에 당하는 것은 상상도 못 했기에 더욱 충격이 크리라!

결국 그들은 맞섬보다는.

"도, 도망쳐."

회피를 택했다.

아니, 회피를 할 수밖에 없었다. 차라리 무인이었다면, 수백의 무인들이 달려들었다면 버텼을지도 모른다.

하지만 수천, 수만, 이 환경 자체가 그들을 배척하고 있었다. 당가에서도 독을 채취하기 위해 가끔 찾아갔던 독지와는 또 다른 환경이었다.

이곳은 자신들이 알던 곳과는 전혀 다른 곳이다. 왕정이 만든 그만의 영역이었다.

"허억…… 허억……."

동료들을 버리고 도망을 간다.

평소라면 생각도 못 할 짓이다. 하지만 위기에 빠지니 밑바닥이 보였다. 저열한 인간성이 튀어 나왔다.

'너무 우습게 봤어.'

독지를 우습게 봐서라고 애써 자위해 본다. 혹여 독에 물려서 판단이 흐릿해진 것이라고 합리화를 해 본다.

"젠장…… 젠장. 어떻게 해야 하지?"

동료를 버리고 도망쳐 나왔다. 이 상황에서 자신은 어떻게 해야 한단 말인가. 여기는 인세의 지옥이라도 되는 곳이란 말인가?

답변이 없을 것을 알고 홀로 한 혼잣말임에도 답변이 들려왔다.

"어떻게 할 필요 없어."

푸우욱.

어느샌가 다가온 왕정의 주먹이 당가 무사의 허리에 그대로 박혀든다. 깔끔한 한 수였으며, 또한 한 사람을 저승으로 보내는 데는 충분했다.

"크, 크윽……."

그는 복수를 말하지도 못했다. 당가의 무사라면 보여주는 독기 또한 보여 주지 못했다. 그저 죽어가는 한 명의 낙오자였을 뿐이다.

"들어온 사람이…… 백이 좀 넘었던가요?"

─그렇다.

"그럼 남은 것은…… 이제 열도 안 남았겠군요."

많은 이들을 처리했다. 또한 많은 이들이 독지의 생물들에 의해서 죽어가는 것을 바라봤다.

막으려면 막을 수 있었다. 진을 다시 제 역할을 하게끔

돌리기만 하면 되었으니까. 하지만 그럴 필요가 없었다.

자신에게 독아를 내민 당가의 목숨을 챙겨줄 정도로 착한 위인은 되지 못했다.

왕정 자신은 보통의 사람이었으니까. 보통 사람답게 당하면 억울해할 줄을 알고, 억울한 일에 대항할 힘이 있으니 대항할 뿐이었다.

"슬슬 대미를 장식해야 할 때가 됐네요."

손금을 보듯 속속들이 알고 있는 곳이 바로 이곳 독지다. 열 남은 무사들이 어디에 있는지는 이미 파악했다.

혼란스러운 진 안에서 용케도 한데 모여 있는 것은 칭찬할 만하지만 딱 그 정도다. 어차피 죽여야 할 자들이다.

"가지요."

―그래. 한바탕 놀아보자꾸나.

왕정의 발걸음이 그를 향해서 움직이기 시작했다.

第三章

하나를 끝맺다

상황을 전해 들었다. 아니, 이쯤 돼서 상황을 파악하지
못하면 바보 천치다. 당가가 최고인 줄 알고 살아 온 평생
이지만 바보는 아니었다.

자신의 가문의 능력을 과신했을 뿐이다. 그리고 그 대가
는 생각 이상으로 컸다.

"반상회라도 하나 봅니다?"

비꼼이 가득이다. 표정 또한 비웃음이 가득했다. 왕정이
모습을 드러내자마자 당기선이 소리쳤다.

"네 녀석!"

"여전히 말은 짧군."

더 상대할 가치가 없는 치다. 지금까지 버티고 있는 것이 용하긴 하지만 자신이 모습을 드러냄으로써 그도 끝났다.

"저희가 맡겠습니다."

당가십이대 사람들인가? 하나같이 같은 복색이다. 사용하는 무기조차 같았다.

'무공도 비슷하겠지.'

그들이 보여주는 당기십이진의 무서움은 왕정도 이미 알고 있을 정도다. 오죽하면 진의 이름에서 대의 이름을 땄을까.

귀원신공(歸元神功)을 기본으로 하는 그들의 당기십이진은 셋만 모여도 한 축을 만들 수 있었다.

지금 현재 남은 십이대의 인원은 여섯. 두 축만 만들어 낼 수 있다면, 그들은 자신들에게 승산이 있다 생각했다.

처어억. 척.

암기로 유명한 그들답게 그들은 어느샌가 빼어든 암기를 각기 손에 쥐고는 자세를 잡았다.

말은 더 필요 없으니 붙어 보자는 신호다.

'저들이 장로보다 오히려 무인답군.'

당기선이 정치가라면 저들은 무인이다. 이제 와서 보면 저런 무인들이 이런 곳에 왔다는 것 자체가 불쌍해 보일 정도다.

어쨌건 붙어야 했다.

"오시오."

"물론!"

왕정에게 말려들은 자신들의 상황을 파악한 것인지 그들은 선공을 받아들였다. 꽤 실리적인 판단이라 할 수 있으리라.

슈욱!

여섯이 하나인가. 다가서자마자 쏘아지는 암기가 매서웠다. 총 서른여섯. 각기 여섯 개씩의 암기를 날린 것이리라.

—구환살(九幻殺)이다.

'좀 부족한데?'

타아아앙. 타앙. 탕.

왜 아홉이 아닌 여섯인가? 답은 뒤에 숨어 있었다. 암기의 뒤에 다시 암기를 숨겨 날리는 것이 구환살의 무서움!

막았다고 생각하는 순간 바로 후속타가 날아들기에 구환살이 당가의 비전 중에 하나인 것이다!

"크으……."

약간은 방심했던 것인가? 피한다고 피했으나, 상처를 입는 것까지는 어쩔 수가 없었다.

왕정이 독인이 아니었더라면 암기에 묻은 독에 이미 중독되었으리라. 그러곤 당했겠지. 허나 그는 독인이다. 독

정도는 버텼다.

'제법 매서운 독이군.'

그때부터다.

당가십이대의 무인들은 끊임없이 암기를 날리기 시작했다. 구환살은 기본이다. 나비가 날 듯 다가오는 추혼접(追魂蝶)을 사용하여 시선을 혼란시킨다.

"변진!"

한 축은 암기를 그대로 날린다. 다른 한 축은 다가서기 시작한다. 당가의 또 다른 특기인 금나수를 살리려 하는 것이겠지.

하지만 차라리 이들은 암기만 날리는 것이 더욱 유리했을 게다.

왕정을 잡아챌 듯 금나수의 묘리가 담긴 손이 왕정을 향해 다가온다. 총 여섯.

한 축이 금나수로 왕정을 잡아채면 다른 한 축이 암기로 왕정을 마무리하는 것이 진의 핵심이리라.

단순해 보이나 그 안에는 진의 묘리와 그들의 무공이 담겨 있기에 보통의 수는 아니다.

하지만 상대는 왕정이다.

'와 보라지.'

그는 금나수에 당해 주었다. 그들이 잡아채기를 원하는

듯 되려 팔을 가져다 대어다 줬을 정도다.

"크으윽. 독……."

"매서울 겁니다."

푸른빛을 내는 왕정의 팔에 닿자마자 독에 중독된 상대는 답도 못했다. 당가의 자식인 그들이 이렇게 쉽게 중독될 거라곤 생각지 못한 듯했다.

"대체……."

대결을 지켜보던 당기선조차도 놀랐다.

당가십이대가 어떤 자들인가. 당가에서도 정예 중에 정예다. 전보다는 급이 떨어진다는 말을 듣기는 하지만 그래도 정예다.

당가가 괜히 중원의 오대 세가는 아니니, 그 안에서도 정예라 함은 무림에서도 알아주는 정예라는 소리다.

게다가 그들은 당가 출신이 아닌가? 어지간해서야 독에 내성이 있을 수밖에 없다. 익히는 무공 자체도 독을 필요로 할 정도다.

그런데 그런 당가십이대의 일인이 독에 중독됐다. 너무나도 손쉽게!

"쿨럭."

온몸에 두드러기가 일어났다. 아니, 두드러기 따위가 아니었다. 피고름이다.

한 축을 담당했던 다른 당가십이대의 무인들 또한 마찬가지였다. 그들은 손이 닿는 대로 바로 중독되었다.

같은 처지가 되었고…… 곧 죽을 것이다. 왕정을 묶어 두려던 그들이 되려 독에 묶여 당했다.

"마, 막앗!"

두 축 중에 한 축이 무너졌다. 전력이 반으로 깎인 것이냐고? 아니다. 진이란 것은 그리 단순하지 않다.

일 더하기 일로 삼 이상의 효과를 내는 것이 진이다. 그런 진의 반이 무너지게 되면 그 전력은 반도 나오지 않게 된다.

타아아앙.

타앙.

왕정에게 끊임없이 암기를 날리지만 그뿐이다. 이미 한 축이 당한 것에 정신이 없는 그들의 정확도는 전보다 확연히 낮았다.

애써 이성을 찾아 던지는 자도 있으나 발악밖에 되지 않았다.

전보다 줄어든 암기를 막는 것이기에 왕정으로서는 힘들 것도 없었다. 때때로 생채기가 났지만, 그 정도야 감수했다.

한 걸음. 두 걸음.

그들과의 거리는 점차 가까워졌다.

당가십이대도 뒤로 물러설 곳이 없다는 것을 알고 있었다. 그렇기에 끝까지 지키고 서 있는 것이겠지.

그리고 마지막.

'제대로 끝내야겠지.'

고통을 더 줄 필요는 없을 듯했다. 마지막까지 투혼을 벌이던 저들을 욕보일 필요도 없었다.

당기선이라면 몰라도 저들은 어치피 원해서 온 것도 아니었을 것이다. 쓸데없는 동정심이라 해도 상관없었다.

왕정은 아주 깔끔한 한 방을 먹였다. 그가 익힌 권법 투로에도 있지 않은 단순한 일권이었다.

퍼어어어억.

"큽……."

그것으로도 충분했다.

이미 자신들이 날릴 수 있는 모든 암기를 날린 당가십이대다. 한 축이 먼저 무너질 때부터 자신들의 죽음을 직감했었다.

단 일수에 의한 죽음이라면 굉장히 깔끔하지 않은가.

당가십이대의 남은 이들이 죽었다. 남은 이라고는 오직 당기선 하나뿐이다. 싸울 의지도 없어 보이는 못난 놈.

"네, 네놈!"

"언제까지 부르기만 할 거지?"

자신을 무인이라고는 생각지 않는 왕정이다. 아니, 이미 무림인이 되었다고 하더라도 그 정신마저 무림인이라고는 생각지 않았다.

다른 무인들처럼 본신무공으로만 달려들 생각은 없다는 소리다.

왕정은 실용적인 방법이 있다면 언제든 사용할 사람이다. 설사 그것이 무림인의 방법이 아니라고 하더라도 그리 할 것이다.

그런데 당기선은?

'못난 놈이지.'

그저 못난 놈이다. 놈은 무인도 아니고, 자신 같은 반쪽짜리 무인도 못 된다. 무공을 익히고 무가에서 자랐으나 무인이 아닌 놈이다.

놈은…… 그래.

"네, 네 녀석에게 살 기회를 주마! 공적이 아니게……."

정치가다. 자신이 속한 무림, 가문, 가문의 무사들마저도 하나의 패로 사용하는 협잡꾼이다.

그런 놈의 손에 이끌려서 당가십이대 같은 무인들이 와서 몸을 뉘인 것이다. 독지의 생물들에 의해 시체라도 제대로 건질는지 모를 곳으로.

"……."

"무얼 원하는 거냐?"

"차라리 덤벼."

"네놈! 나를 능욕하는 것이냐?"

능욕이라니. 자신을 너무 높게 보지 않는가. 더 대화가 필요 없음을 깨달음 왕정은 침묵을 유지한 채로 당기선에게 다가갔다.

"으와아악!"

일수다. 젊었을 적에 제대로 익혔을 일수인 듯했다. 자세는 제대로 잡혔다. 하지만 당가의 장로라는 이가 가질 실력은 아니다.

푸욱!

당기선의 일수를 한끗 차이로 피한 왕정이 순식간에 강기를 만들어 낸다. 송곳같이 생긴 강기다.

강기가 당기선의 가슴어림에 그대로 박혀든다.

"쿨럭……."

지금까지는 몸에 흡수되기만 했던 강기라면 이제는 제대로 물리력을 가진 강기를 사용했다.

당기선의 가슴 한가운데에 그대로 구멍을 만들어 준 왕정이다.

"크으……."

"바로 죽지는 않을 거라고. 심장은 피했잖아?"

"쿨럭……."

대신에 폐는 뚫렸다. 심장을 피했다고 하더라도 치명적인 피해다. 하지만 피해는 이것으로 끝이 아니었다.

"독……."

그의 온몸이 부풀어 오르기 시작한다. 피부가 어디까지 늘어날 수 있나 시험을 하는 듯이.

그의 오장이 뒤틀리다 못해 갈기갈기 찢어진다. 내장의 꿀럭거림이 확연히 느껴질 정도다.

그리고 이내.

"다, 당가……."

무언가를 전하려고 했던 당기선은 그대로 숨을 거뒀다. 당가를 등에 업고 무림을 입맛대로 다루려던 협잡꾼 하나가 사라진 것이다.

정파의 정신이고, 무림인으로서의 기상이고 아무것도 남지 않은 못난이의 죽음이었다.

"이것으로 일차전은 끝이군요……."

─잘했다.

"잘한 걸려나요. 하하."

승리다. 허나 언제나 그렇지만, 살인이…… 좋을 리가 없었다.

*   *   *

당가의 사람들이 들어간 지가 벌써 세 시진이다. 꽤나 오랜 시간이 지나간 셈.

무림맹의 나머지 인사들은 들어갈 생각도 하지 않은 채로 한참을 멍하니 서 있었다.

혹시 모를 도주를 방지해서 서 있는다고는 말했지만 그들 또한 당가의 승리를 점치고 있었다.

이곳에서 시간만 죽이고 있으면 모든 일이 끝날 것이라 예상하고 있었던 것이다. 그런데 무언가가 떨어졌다.

툭.

시뻘건 색을 가진 물체다. 무슨 형체인지도 알아채기 힘들 그런 어떤 것이다.

"뭐야?"

독지라고 알려진 곳이니 독물이라도 나온 것인가? 아니면 공적이 되어 버린 왕정의 시체라도 나온 것인가?

답은 그 어느 것도 아니었다. 누구인지 형체를 알아보기도 힘들지만, 왕정이라 알려진 자의 복색이 아니었다.

옷이야 누구나 갈아입을 수 있겠지만 적어도 지금 눈앞에 보이는 복식은 아니었을 것이다.

"다, 당가의 것!"

황색의 무복. 당가의 상징들을 새겨 넣은 저 무복은 당가 것이다.

"비, 비상이다."

"신호를 쏘아 올려!"

슈우우욱.

미리 준비했던 신호탄이 터진다. 도주하는 자가 없을 것이기에 터지지 않을 것이라 여겼던 신호탄이 터진 것이다.

그렇게 시작된 이변은 순식간에 무림맹 인사들에게 전해졌다.

확인은 빨랐다. 느릴 수가 없었다. 보란 듯이 던져 놓았으니까. 증거도 충분하기까지 했다.

"……당가 장로 당기선의 것이 확실하오."

"그럼 그가 죽었다는 말입니까!"

"그런 듯하오."

완헌의 확언이다. 정의대주 자리에서는 물러난 지 오래라지만 그의 말이라면 무시할 것이 못 됐다.

그는 무인인 동시에 의원인 자다. 양쪽 모두 뛰어난 이이기도 했으니 무시하면 그게 더 이상했다.

그 사항을 알고 있음에도 현실을 부정하려는 자가 나온

다.

청성파의 화옹 진인이다. 그는 여러모로 당가와 밀약을 한 바가 있는지라 당기선이 죽으면 꽤나 피해가 컸다.

대놓고 당가를 밀어주고, 왕정을 공적으로 만드는 데 찬성을 했는데 밀약을 한 자가 죽어버리면?

모든 것이 말짱 도루묵이 된다!

"술수일 수도 있지 않겠소이까?"

허나 허튼 기대였다.

"그럴 리가 있겠소? 그로부터 나온 당가의 표식. 그것이면 충분하오. 게다가 그가 오전에 입고 나간 옷을 어찌 저 독지 안에서 구해 만들었겠소."

"……아아."

청성파의 화옹 진인이 얼이 빠진 표정을 짓는다. 꽤 많은 것을 약속받은 그로서는 당기선의 죽음이 가장 안타까우리라.

"결단을 내려야겠소이다. 그가 공적이 된 이유야 어쨌든…… 일이 터졌소."

차라리 그가 오라를 받고 왔더라면 상황이 좀 나아졌을까?

잠시 그런 생각을 했던 완헌이 고개를 젓는다. 그가 오라를 받고 순순히 이 자리에 왔다고 해도 일은 터졌을 거다.

당기선이 아닌 왕정이 무림 공적으로서 죽음을 맞이했을 것이다. 그러려고 공적으로 만든 것이니 확실하다.

아니면 그가 당기선의 목숨을 살려서 보냈더라면?

'말도 안 되는 소리지. 나라도 죽였을 것이다.'

이미 쌓고 쌓은 원한이 너무 많았다. 여기서 당기선을 살려줘 보아야 왕정으로서는 실익이 없다.

아니, 실익이 있긴 했다.

'정말…… 공적이 되지는 않았겠지.'

당가의 무인들을 이끌고 갔던 당기선이 죽었다는 말은 달리 말하면, 당가의 무인들이 궤멸했다는 것이다.

아직까지 나온 자들이 하나도 없으니 거의 확실하다.

당가의 무인 백을 학살한 것.

그 이유야 어찌 되었든 무림에서는 큰 사건이다. 말도 안 되는 소리지만 무림 공적이나 일으킬 사건이기도 하다.

그러니 이제부터는 왕정을 정말 무림 공적으로 치부해야 할지도 모른다. 그 원인이 무엇이든 말이다.

'모순이고 말도 안 되는 소리지만…… 그게 세상이 돌아가는 이치지. 후우…….'

차라리 그가 숨었더라면 좋았을 것을, 일이 너무 커져 버렸다. 완헌이 예상하는 대로 상황은 돌아갔다.

멍한 표정을 짓던 화웅 진인이 외쳤다.

"당가가 당했소! 그에 대한 복수는 우리 정파인이 나서서 해줘야 하지 않겠소이까!"

정말 복수를 원하는 것일까? 아니면 다른 계산을 한 것은 아닐까? 모른다. 하지만 호응하는 자들은 충분히 있었다.

"맞소. 이대로 물러나는 것도 말이 안 되지 않소. 어떤 식으로든 저자를 처리해야만 하오."

"정파의 자존심이 걸려 있소이다."

동료가 죽었으니 자존심이 상한다는 걸까?

자신들끼리 회의를 진행하고, 상황을 그려가던 정파의 인사들이 결국 하나의 결론에 귀결했다.

당가가 그냥 당하지는 않았을 것이다. 무슨 함정이 있었을 것이다. 그 함정은? 독지의 힘과 더불어 진이 있기 때문일 거다.

그렇다면 그 진은 누가 설치를 했는가? 제갈세가다.

제갈세가에 대놓고 책임을 미루지는 못하지만, 이것을 핑계로 제갈가가 나서게 만들 수는 있지 않을까?

이런 결론이다.

"듣기로 진은 제갈세가의 것이 아닌가?"

"아니오. 우리 제갈가에는 그런 진이 없소."

없기는 하다. 제갈혜미가 아직 건네어주지 않았으니, 제갈운은 진실만을 말한 거다.

"크흠…… 그래도 진에는 제갈세가가 으뜸이지 않소."

"부족하지만 허명은 가지고 있소."

"그렇다면 정파를 위해서라도 제갈가에서 나서주는 것이 어떻겠소이까? 마침 제갈가에는 진의 천재라 불리는 아이도 있지 않소?"

'모든 것이 그 아이가 예상한 대로 돌아가는가…….'

제갈운은 자신의 딸이 말한 상황대로 일이 진행되어 가고 있음을 확인하며 잠시지만 뜸을 들였다.

순하기만 했던 자신의 딸이었다. 헌데 학관에서 시작하여 지난 시간 동안 무엇을 경험했는지 조금은 변했다.

전에는 사람의 목숨을 귀하게만 여겼던 아이이거늘, 이제는 머리를 이용하여 살수를 펼칠 줄을 안다.

그것도 같은 정파인 당가를 상대로 살수를 펼친 것이나 마찬가지다.

직접 손을 쓴 것은 왕정이지만, 제갈운이 보기에는 제갈혜미가 옆에서 도운 것이나 다름이 없었다.

분명 사람을 상하게 하는 지략을 사용했으니 좋기만 한 일은 아니다. 하지만 한 명의 아비로서.

'믿을 수밖에 없겠지.'

딸아이가 행하려는 바가 옳은 일이라고 믿을 수밖에 없

었다. 그렇기에 그는 제갈혜미가 말한 바를 그대로 읊었다.

"제갈가가 직접 나서도록 하겠소이다."

"그 아이가 나서는 것이오?"

"그렇소이다. 공적과 친분이 있다는 말도 이번을 기회로 함께 씻도록 하지요."

진을 설치한 것은 어디까지나 왕정이라고 못을 박는 것이다. 그것도 공식적으로. 또한 진을 해체하기 위해 나섰으니 진에 대한 명성도 올라갈 터.

이것이 제갈가가 얻을 첫 이득이다.

"허허. 좋소이다. 좋아. 그렇다면 믿을 만하겠지."

"대신에 조건이 있소이다."

"무슨 조건 말이오? 정파를 위한 일에 조건이랄 것이 있는 것이오?"

"물질적인 걸 말함이 아닙니다. 시간을 주시지요. 하루의 시간이 필요하오."

이 또한 제갈혜미가 건 조건이다. 무슨 이유에서인지 몰라도 그 아이는 이 조건을 걸었었다. 무언가 준비한 바가 있을 게다.

"허어…… 바로 해진에 나서도 늦지 않겠소이까?"

"준비를 하기 전에는 우리도 나서기가 힘드오. 해진이라는 것이 쉬운 것은 아니잖소이까?"

"크흠. 그렇게까지 말하신다면야……."

"그럼 내일로 하지요."

일을 하지 않겠다는 것도 아니다. 게다가 하루라는 시간만 더 달라고 한 것이지 않는가.

"좋소이다."

왕정이 땅으로 숨어 도망가는 것도 아니니 그 정도의 시간이야 충분히 줄 수 있었다.

내일이면 진을 해체하기 위해 제갈혜미가 직접 나설 것이다. 진의 천재라는 그녀라면 충분히 해체를 할 터.

그것이 제갈혜미의 두 번째 노림수였다.

그녀가 진을 해체하게 되면? 둘은 만날 수 있는 기회를 얻게 된다.

＊　　　＊　　　＊

"후아…… 이거 알려 준 대로 하는 것도 꽤 어렵군요."

―진이란 것은 무공만큼이나 깊은 학문이니 충분히 그러하다.

낮의 전투의 피로감이 있긴 했다.

몸의 상처야 금창약을 바르는 것으로 처치를 했지만, 정신적 후유증이란 것이 남아 있는 것이다.

허나 그렇다고 해서 가만있을 수는 없었다.

수없이 많은 무림인을 이끌고 있는 무림맹을 상대로 살아남기 위해서는 쉼 없이 몸을 놀려야 했다.

다행이라면 그의 조력자라고 할 수 있는 제갈혜미가 준 서찰 덕에 살아날 구멍이 보인다는 것이다.

그녀가 말한 대로라면 내일 그녀를 바로 앞에서 만날 수 있다. 그때부터는 되도 않는 연기를 펼쳐야 하리라.

그것이 그녀가 미리 준비한 노림수이니까.

"일이 꽤 복잡해지긴 한 거 같지요?"

—흐음…… 이 정도는 기본 아니겠더냐? 네가 너무 얕은 수를 생각하는 거겠지.

"에이. 할아버지도 제가 응용에는 최고라고 하셨잖아요. 차라리 토행공을 사용하면 쉽게 도망칠 수 있을 거 같기도 한데 말이죠."

—허허…… 너답구나. 어쨌거나 어서 움직이도록 하자꾸나. 곧 날이 밝는다. 심법이라도 한번 돌려야 하지 않겠느냐?

"휘유…… 별의별 짓을 다 하는 거 같다니까요."

그가 마무리를 한다. 그러곤 그 자리에 그대로 앉아 심법을 돌리기 시작했다.

그리고 이내, 날이 밝았다.

결행의 날이라고 할 수 있는 그의 앞날을 비추는 것인지 이른 녘부터 떠오른 해는 밝기만 했다.

第四章

그녀를 사로잡다?

　제갈혜미는 아침이 되면서부터 움직였다. 아니, 미리 준
비한 것이 많음을 보아하니 새벽녘부터 움직였을 것이다.

　무림맹의 인사들이 그녀를 가만 바라본다. 그녀의 입이
떨어지기를 기다리고 있는 것이다.

　"바로 움직이겠습니다."

　"오. 그리 해 준다면 많은 이들이 좋아할 걸세."

　고개를 끄덕인 그녀는 무사들이 둘러싸고 있는 진을 향
해 갔다. 그러고는 그녀는.

　"물러나 주시지요. 진을 해체하다 보면 위험할 수 있습
니다."

사람들을 물렸다. 해진을 위한 과정에 대해서 잘 모르는 무사들이기에 한 점의 의심도 없었다.

'준비는 하셨겠지.'

모두가 십 장 정도씩은 물러난 것을 확인한 그녀는 작게 심호흡을 내뱉고서는 다시 움직였다.

이제부터 그녀가 보여줄 수는 그가 안에서 제대로 준비를 해야만 발휘할 수 있는 수이기도 했다.

두툼한 서찰에 쓰인 그녀가 만든 각본의 대미를 장식할 상황이었기에 그녀도 긴장을 할 수밖에 없었다.

"신기하군요. 어떤 원리입니까?"

"비전인지라……."

"허어. 그렇다면야 어쩔 수 없지요."

진을 해체하기 위한 도구들이 여럿 설치된다. 제갈세가에서 비전으로 치부되는 것들이다. 확실한 연기를 위해서 준비한 터.

그녀는 다른 이들의 의심을 사지 않기 위해서 정확히 설치를 해 나갔다.

이각 정도쯤 지나갔을까. 설치가 끝난 것인지 기구들을 두고 그녀가 집중을 한 채로 열심히 움직이기 시작한다.

무언가를 조작하고 만지고, 화섭지를 태워본다.

"지금이에요."

그녀의 입술에서 새어 나오는 작은 속삭임. 그것이 신호였다.

화아아아악!

"이게 무슨 일인가!"

그녀가 무슨 일을 벌인 것인지 진에서부터 연기가 퍼져 나온다. 주변 이 장 정도를 순식간에 연기가 가득 채울 정도였다.

푸르죽죽한 빛을 띠는 것이 누가 봐도 보통의 연기는 아니었다. 독지에 있던 독이 어떤 식으로든 배출된 듯했다.

무언가가 일어난 것이 분명 한 터.

터억.

짙은 연기 안에서 그녀를 잡아채는 손길이 있었다.

"순순히 잡혀주셔야 하겠는데요?"

"얼마든지……."

기다리던 왕정이었다. 지금 일어날 일에 대해서 미리 알고 있던 둘이기에 둘은 당황할 것도 없었다.

미리 정해진 길로 움직이는 것이 중요할 뿐이었다.

"그럼…… 바로 움직이죠."

"예. 오른쪽으로 삼보 후. 직진하세요. 제갈세가에서는 적극적으로 막지 않을 겁니다. 대신에 죽이면 안 돼요."

"당연한 말씀을……."

그녀를 품에 안은 채로 왕정이 달려 나가기 시작한다. 그러고는 내공을 한껏 끌어올려 크게 외친다.

"제갈혜미를 사로잡았다! 그녀의 목숨이 아깝다면 다들 물러나라!"

인질극이다.

그와 그녀가 미리 짜고 시작한 인질극.

독연을 뿜어내는 연기가 순간적으로 발생한 것도, 독지의 생물들이 잠시지만 전진을 한 것도 모두 미리 진을 안팎으로 조작한 덕분이다.

순식간에 진을 조작하고 변형할 수 있도록 미리 그녀가 수를 써둔 덕분이기도 했다.

진에 있어서만큼은 천재인 그녀만이 할 수 있는 계획이었다.

연기 앞에서 이도저도 하지 못하던 무림맹의 인사들은 독연 안에서 나오는 제갈혜미와 왕정을 봤다.

"어어!"

"진짜다!"

왕정은 품에 그녀를 안고 있으면서도 다른 한 손으로는 그녀의 목덜미를 살짝 잡고 있었다.

위험한 푸른빛이 도는 그의 손을 보고 있노라면, 누가 봐도 제갈혜미의 현 상황은 위험한 상황이라고 밖에 볼 수 없었다.

매서운 독연. 갑작스러운 변화. 인질극. 공적의 출현.

여러 가지 양념이 한데 버무려져서 무림맹 인사들에게 던져지니, 사람들은 정신을 차릴 수가 없었다.

정신이 없으니 이 일이 짜여진 일인지, 우연찮게 일어난 일인지도 전혀 모를 수밖에!

—지금이다.

"모두 물러서시오!"

멍해 있는 무림맹 무사들과 마주한 채로 왕정이 달리기 시작했다. 목적지는 제갈세가의 무사들이 기다리는 곳이다.

다가오는 왕정과 그 품에 안긴 제갈혜미를 보는 제갈운으로서는 정신이 멍할 뿐이었다.

'해진만 하는 줄 알았거늘…….'

딸이 왕정에게 마음을 준 것은 알았다. 무언가 수를 내려고 할 것이라는 것도 알았다.

제갈운이 생각하기로는 해진을 함과 동시에 왕정에게 신호를 보내어 그를 탈출시킬 것이라 생각했다.

하지만 현재 상황은 어떤가?

인질극이 벌어지고 있다. 어지간해서는 사로잡히지도 않

을 아이가 너무도 손쉽게 사로잡혀 있지 않는가.

왕정이 푸른빛을 띠는 손을 하고 있다지만 제갈운은 이미 진상을 파악했다.

'……일부러 잡혀준 것이지 않은가.'

게다가 제갈세가의 무사들을 향해서 달려오는 것을 보면 제갈운이 어느 정도는 눈치챌 것이라고 파악을 한 듯했다.

어쨌든 좋다. 딸아이가 이런 선택을 했다면 합을 맞춰줘야 하지 않겠는가?

"막아라! 어떻게든 막아!"

말은 그리 하지만, 제갈가의 무사들은 안다.

그들은 말이 아니라 명령을 내릴 때 하는 손동작을 더 유심히 본다. 말보다는 신호가 더 중요했다.

적극적으로 막는 듯 보이되, 실제로는 그러지 말라는 의미다.

"우와아아아!"

"막아! 막으라고!"

시장바닥에서 날뛰는 한량이라도 된 듯 크게 소리치고, 과장된 행동을 하지만 잘 보면 알 수 있을 것이다.

제갈세가의 무사들은 그리 적극적이지 않았다.

파아아악. 파악.

왕정도 괜히 강기를 써놓고는, 겨우 쓴 강기를 바닥에 박아 넣는다. 독장을 날려도 마찬가지였다.

막상 당해서 쓰러지는 자는 몸을 부르르 떨기는 해도, 잠시 마비독에 당한 정도였다. 사상자라고 할 것이 없었다.

[이거 꽤 할 만한데요?]

[후후…… 이제 시작이잖아요.]

한편의 잘 만들어진 경극을 보는 기분이 이러할까? 상황이야 역동적으로 그려져 가고 있었지만, 실제로는 여유만만인 둘이다.

뒤늦게서야 다른 문파의 무인들이 합류를 하려 해본다.

"어서 제갈가를 도와라!"

"이대로 빠져나가게 해서는 안 돼!"

하지만 그들의 도움조차도 제갈가는 받아들이지 않았다. 말로서 거절을 했냐고? 아니다.

좀 더 역동적이게 움직였을 뿐이다. 왕정을 막는 대신에, 그들을 도우러 온 다른 무사들을 막는 형식으로!

얼핏 보기에는 왕정을 둘러싸기 위한 행위였다. 어디 하나 흠잡을 곳이 없는 신들린 듯한 연기였달까.

"안 된다! 안 돼!"

"제갈혜미의 목숨을 지키고 싶으면 더 이상은 따라오지 마시오! 때가 되면 풀어줄 터이니."

"이노옴!!!!!!!!!"

제갈운의 신들린 연기가 대미를 장식하는 것을 마지막으로, 인질극은 끝이 나게 되었다.

제갈혜미의 서찰, 진의 변환, 제갈운의 도움이 빚어낸 경극의 일 막이 막을 내렸다.

남은 관객은 허탈한 표정으로 왕정이 간 방향을 바라보는 무림맹의 무사들뿐이었다.

*   *   *

무림맹의 사람들은 혼란에 빠졌다. 독안에 든 쥐나 다름없다고 생각했던 왕정이 인질까지 잡고 추격망을 벗어나 버렸다.

왕정이 독지에만 있을 것이라 믿고 천라지망을 미리 설치하지 않은 것이 뼈아픈 실수였다.

"어쩐다…… 허허."

"어서 추격을 해야 하지 않겠소이까?"

허나 다들 바보만 있는 것은 아닌 터. 일단 추격을 하게 되면 따라 잡을 수 있을지도 몰랐다.

구파일방 중에서 일방이라 불리는 개방의 인사들을 잘만 동원하면 능히 잡을 수 있을 것이다. 괜히 십만 개방도가 아니니까.

헌데 의외의 곳에서 반대자가 나왔다.

"그럼 내 딸은 어찌할 것이오?"

"……크흠……."

제갈세가로서는 제갈혜미가 잡힘으로써 그동안의 소문을 불식시켰다. 제갈세가와 왕정의 인연이 두텁다는 소문을 없앴다는 소리다.

제갈혜미가 인질로 잡힌 덕분이다. 이런 이유로 현 사건에서 제갈세가의 발언권은 꽤나 커졌다.

세가의 혈족, 그것도 직계가 잡혀 있는데 발언을 하지 않으면 그게 더 이상할 일이긴 했다.

"안전을 확보할 방안을 마련해야 하지 않겠소?"

"그래도 너무 멀어지게 되면…… 나중에 방안을 마련해도 힘들 수도 있소."

"그렇다면 일단 추격은 하되, 너무 상대를 자극하지는 않게 해야 하오."

적당한 조건이었다.

"그러도록 하겠소. 또한 사혈련의 영역 같은 곳에는 가지 못하도록 하남에 천라지망을 펼쳐 놓는 것이 어떻겠소?"

"그 행위가 되려 그를 자극할 수도 있소이다."

"그래도 멀리 도망가는 것은 막아야 하지 않겠소? 다

른 성에는 경계 태세를 취하라 함과 동시에 막기는 해야지요."

"흐음……."

왕정이 사혈련의 영역으로 가게 되면 일이 복잡해질 수 있으니 막으려는 것이다. 일견 옳은 말이긴 한 터.

"그렇다면 그를 자극하지 않는 한도 내에서 움직이도록 하지요."

제갈세가도 이쯤 되면 받아들일 수밖에 없었다.

곧 천라지망이 형성될 것이다. 정파의 모든 영역에서는 크게 경계를 하고 움직이기 시작할 터.

'잘할 수 있겠느냐?'

과연 왕정과 제갈혜미가 어찌 이 난관을 버텨낼지를 걱정하고 있는 제갈운이었다.

"진귀한 경험이네요."

"경험이라고 보기에는 꽤나 일이 커지긴 했네요."

밤이다. 아침에 있던 소란은 어디론가 간 지 오래다. 평여현을 떠나 일단은 산으로 들어온 둘은 밤을 보내기 위해 준비를 하고 있었다.

무림인인지라 이 정도 한기야 버틸 수는 있지만, 피할 수 있다면 피하는 것이 좋았다.

토행공으로 땅을 파고는 그 안에 불을 지핀다. 연기가 잘 빠져나가지 않게 하기 위한 조치다.

그런 장면을 그녀가 신기하다는 듯 바라본다.

"그때 익혔던 무공이 이런 데 쓰이네요."

"하하. 저도 이렇게 쓰일 줄은 정말 몰랐네요."

당장에 추격자들이 오는 것 같지는 않았다. 아니 있다고 하더라도 제갈혜미를 염려하는 것인지 일단 보이지는 않는다.

참으로 여유로운 추격전이다.

"후우. 오늘은 이걸로 먹으면 될 거 같네요."

왕정이 미리 사냥하여 얻은 고기를 건네었다. 진수성찬 정도는 못 되지만, 야외에서 먹는 것치고는 제법 괜찮았다.

그녀는 이런 음식조차도 처음 먹는 것인지 약간은 어설픈 모습이었다.

"그나저나 어디로 가야 할까요? 사혈련에 투신하려는 것은 아니지만 그래도 남쪽이 괜찮지는 않을까 싶긴 하네요."

"아뇨. 남쪽이 아닌 북쪽으로 가야 해요."

"북이요?"

남은 사혈련의 영역이요, 북은 정파의 영역이다. 여기서 북으로 가게 되면 정파의 영역에 더욱 깊숙이 들어가게 된다.

그런데도 북쪽이라니? 예상하지 못한 답이다.

"예. 북이요. 결국에는 사혈련의 영역에 가시더라도 일단은 북쪽으로 가야해요."

"이유는요?"

"무림맹도 독협님이 뻔히 남쪽으로 가려는 걸 알고 있으니 남쪽에 경계를 강화하겠죠. 그러니 상대적으로 북이 나아요."

"흐음……."

옳은 말이긴 하다. 허점을 찌르자는 것이니까.

하지만 반대로 생각하면 먼 길을 돌아가는 것이기 때문에 위험한 방법이기도 하다. 괜히 무림맹이 남쪽에 경계를 더 강화하는 것이 아니다.

"위험하지 않을까요?"

"어느 정도의 위협은 어쩔 수 없어요. 허점을 찔러 시간을 벌고, 그 시간을 통해서 넘어가야겠지요."

"……맞는 말이긴 하네요."

일단 북쪽으로 가기는 할 것이다. 그녀의 말을 따르는 것이 좋다는 것은 서찰로도 증명이 되었으니 그쪽이 살 확률은 높을 것이다.

그러나 문제는,

'내가 어디로 가야 할지를 모르겠다는 거겠지…….'

적을 둘 곳이 없다는 것이 문제다.

사혈련주의 제안은 이미 거절한 지 오래다. 그쪽에서 천금을 준다고 해도 사혈련에 들어가기는 싫었다.

지금의 상황을 만드는 데 일조를 한 사혈련인데, 고개를 숙이고 들어가고 싶지는 않았다.

그렇다고 무림맹도 안 된다. 자신을 공적으로 만든 곳이 지 않은가. 가 봤자 죽기밖에 더 하겠는가?

[어디로 가야 할까요? 사파고 정파고 다 정이 떨어지니…… 그렇다고 마교를 갈 수도 없잖아요?]

―흐음…… 일단은 좀 더 생각해 보자꾸나.

[……예.]

많은 부분에서 도움을 주던 독존황도 지금 이 순간만큼은 그리 도움이 되지 않았다. 보기에는 무언가 고민이 있는 듯한 터.

육체도 없는 그가 고민을 하는 것이 의외긴 하나, 그런가 보다하고 넘어갈 수밖에 없었다.

"일단은 자 볼까요?"

"……예."

추격전에서의 첫 날이 지나간다. 외간남자와 한곳에서 잠을 자는 제갈혜미로서는 왠지 모르게 쑥스러운 밤이기도 했다.

       *   *   *

"아버지."

"그만!"

전보다는 혈색이 좋아진 그녀. 병약함만을 가졌던 그녀가 이제는 더한 아름다움을 가지고 있었다.

제갈혜미와는 또 다른 미를 가진 그녀 사도련이 자신의 아버지에게 애원을 하고 있었다.

금지옥엽인 그녀를 위해 할 수 있는 모든 것을 다 하는 사혈련주치고는 단호한 모습이었다.

"도망을 방해할 생각은 없다. 하지만 나서서 구할 생각은 더더욱 없다 말하지 않았더냐?"

"그래도 제 목숨을 구해 준 자입니다."

그녀는 병색이 완연했던 모습을 이미 잊은 것인지 단호한 얼굴로 사혈련주를 마주하고 있었다.

그의 의견에 반대를 하고도 살아남는 자는 몇 안 되었다. 평소 사혈련주의 무서움에 대해서 알고 있는 사혈련의 무사들이 보면 꽤나 놀라리라.

"네 목숨을 구해 줬기에 내 청을 거절했음에도 살려 보낸 것이다. 게다가 혈보신단(血保身團)도 주지 않았더냐?"

사혈련은 왕정이 사도련을 살려줌으로써 은원을 잊었다.

이화를 구하는 동안 자신들의 무사 여럿을 죽인 것에 대한 은원을 잊은 것이다. 게다가 사혈련에 들어오라 하는 말을 거절하고도 살려주었다.

왕정 입장에서는 말도 안 되는 소리지만, 사혈련주 입장에서는 꽤나 은혜를 베푼 것이기도 했다.

사도련도 그러한 사정을 모르는 것은 아닐 텐데도, 그녀 또한 사혈련주만큼이나 단호하게 말했다.

"영약은 영약일 뿐입니다."

"그 영약에 죽고 사는 자가 넘친다."

"그렇다 해도 저를 살려줄 수는 없었지요. 그가 있어서 제가 살아나게 된 것입니다."

고집이다. 그녀만의 고집이라고도 할 수 있으리라. 그녀가 이렇게까지 고집을 부리는 것은 처음 보기에 사혈련주가 크게 한숨을 내쉬었다.

그는 쳇바퀴와 같은 대화를 이어가기보다는 차라리 협상을 택했다.

"후우…… 그래서 원하는 것이 무엇이냐? 다시 말하지만 그를 돕기 위해 사혈련의 무사들이 나서줄 수는 없다. 이미 그를 데려오기 위해서 많은 무사들을 동원했기에 현실적으로도 무리다.”

사혈련도 사정이 아주 좋지 만은 않았다.

사혈련 내부의 문제야 별달리 없었지만, 왕정을 데려오기 위해서 무사들을 동원했던 것이 실수였다.

하남성 곳곳에 불을 지르고, 암살을 하기 위해서 움직이는 동안에 타격이 컸다. 사혈련 내부가 아닌 외부에서 암약하던 이들이 상당수 궤멸된 것이다.

다시 복구를 하려면 꽤 시일이 걸릴 것이 분명했다. 다행인 점이 있다면 왕정이 정파를 휘젓고 있어 시간을 벌었달까?

“너도 알지 않느냐? 그를 도우려면 어지간한 무사로는 안 될 거다. 무리야.”

“굳이 직접적으로 돕지 않아도 되지 않습니까.”

“직접적으로 돕는 것이 아니다?”

다른 방법을 생각해 둔 것인가. 그녀는 여전히 단호한 표정으로 말했다.

“예. 아버지가 그를 돕기 힘든 이유는 직접적으로 남는 이득이 없고, 손해가 있어서겠지요?”

“솔직히 그렇다. 사혈련의 련주로서 당연히 고려해야 할 부분이 아니겠느냐?”

“이해합니다. 그럼 반대로 이야기하자면 이득이 있고,

손해가 없으면 만족하시겠습니까?"

"그렇다. 방법이 있느냐?"

"예. 멀리 갈 필요도 없습니다. 중경과 산동, 하북에 있는 사혈련의 무사들에게 명령을 내려주시지요."

척하면 척이다. 여기까지 말하면 못 알아들을 리가 없다.

"무사들을 통해서 압박을 넣자는 것이구나?"

"예. 무림맹에서 저희를 신경을 안 쓸 수는 없는 터. 저희가 움직이는 것만으로도 저들은 긴장을 할 것입니다. 긴장은 자연스레 구멍을 만들기 마련이지요."

"좋구나."

사도련이 언급을 하지는 않았지만, 이득도 얻을 수 있을 것이다.

사혈련이 움직이게 함으로써 정파가 술렁이게 하는 것만으로도 이득이다. 왕정을 사로잡으려 노력하느라 사혈련의 움직임에 제대로 대응하지 못하면 그건 그거대로 이득이다.

어느 쪽이든 적당히 압박만 가하는 것치고는 얻을 것이 많았다.

'그 정도라면야⋯⋯.'

이득이 되는데 나서지 못할 이유가 없었다. 정파의 상황도 요즘 좋지 못하다고 하니, 이를 확인할 기회도 될 듯했다.

"좋다. 나서마. 그럼 되겠느냐?"

"예."

그녀의 얼굴이 환히 펴진다. 단호함은 사라지고 미소만
이 남은 그녀의 환한 표정에 련주조차도 잠시 넋을 잃을 정
도였다.

완치가 된 자신의 딸은 해가 가면 갈수록 아름다워지고
있었다. 그리고 그런 딸이.

'왕정님…… 단 한 번이면 됩니다. 그렇다면 머릿속에
맴도는 이 의문이 해결되겠지요.'

왕정을 머리에 그리고 있다는 것은 생각지도 못하고 있
으리라. 단순히 은혜를 갚기 위해서 움직이는 것이라 여길
게 분명했다.

큰 태풍 또한 작은 바람으로부터 시작이 되듯 왕정의 행
보가 무림에 큰 변화들을 만들어 가고 있었다.

第五章

전투

"후우……."

남쪽의 경계를 염려하여 북쪽을 택했다. 덕분에 하남을
벗어나는 것은 생각보다 쉬이 되었다.

많은 시간을 벌었었고, 추격이 생각보다 약해서 여유까
지 느낄 수 있을 정도였다.

하남을 지나 섬서에 이르고부터는 이야기가 달라졌다.

무인들이 달려들기 시작했다. 그의 명성을 노리고 덤벼
든 자들이 다수였다.

다행이라면 이들이 천라지망을 형성하지 않은 것이랄까.
무슨 이유에서인지 천라지망은 없긴 했다.

하지만 계속해서 사람들이 달려드는 것까지는 어쩔 수가 없었다.

"화웅검(火雄劍)이라 하오."

"또야?"

"본 도는……."

설명 따위는 필요가 없었다.

"어서 덤벼!"

파앗.

강기를 이용하여 달려든 왕정이다. 순식간에 거리를 격한 왕정이다. 크게 호선을 그리며 주먹을 휘두르는 그!

"이, 이런!"

화웅검이 급히 막으려고 들지만, 진짜 공격은 따로 있었다.

"큽…… 독……."

먼저 일으켰던 강기가 어느샌가 그의 틈을 파고들어 중독을 시킨 것이다. 조절을 한 덕에 죽지는 않을 테지만 꽤 고생을 할 것이 분명했다.

"후우. 용케도 계속 쫓아온단 말이죠."

"개방에서 정보를 주는 거겠죠."

"빌어먹을……."

"그들이야 할 일을 하는 것이니까요."

그나마 다행이라면 제갈혜미를 공격하는 자는 없다는 정도랄까?

왕정이 혈도를 점한 것처럼 연기를 하는 것만으로도 무인들은 속아 넘어가 주었다. 하기야 제갈혜미가 먼저 나서서 인질 역할을 한다고는 꿈에도 생각하지 못하리라.

"그나저나 이쯤 되면 천라지망이 형성되기는 해야 하지 않나요? 무림을 잘 모르는 저라도 천라지망에 대해서는 알고 있거든요."

왕정이 섬서에 있다는 소문은 이미 났을 거다. 그러니 많은 무인들이 달려드는 것이기도 할 게다.

헌데 대체 무림맹에서는 무얼 하고 있는지, 천라지망을 형성하지 않고 있었다. 추격을 하려면 제대로 천라지망을 형성해야 할 텐데도 말이다.

아무리 경계가 약할 허점을 찔러 섬서로 왔다지만 이해가 안 가는 상황이었다.

이 부분에 관해서는 제갈혜미도 정보가 없었다. 그렇기에 무언가를 추측하기도 어려운 상황이다.

"무언가 사정이 있겠지요."

"으음…… 추격이 그리 거세지 않아서 저야 좋긴 하지만 뭔가 찜찜하네요."

잠시 몸을 추스르고 있으려니 또 목소리가 들려온다.

"저기다!"

"이런. 일단은 자리를 피하죠."

모두를 다 상대할 수는 없다. 하류잡배들이 대부분이지만 일단은 몸을 피하는 것이 좋으리라.

인적 하나 없을 산으로 점차 움직이기 시작하는 왕정이었다.

무림맹은 그들 나름대로 왕정의 추격전에 제대로 합류하지 못할 이유가 있었다.

"도발이 심해졌다고?"

"예. 전에는 겨우 일주일에 한 번 있을까 말까 했던 도발이 요즘은 매일같이 일어납니다. 이번 추격전으로 떠난 무사들이 많다 보니…… 현장에서 힘들어한다고 합니다."

"흐음……."

사혈련과 무림맹의 격전지에 있던 사혈련 무사들이 좀더 활발히 움직이기 시작했다.

요즘 들어서 조금 잠잠하나 싶었더니, 지금처럼 날뛰기 위해서 준비를 하고 있었던 것이 아닌가 싶을 정도다.

'위로 지원을 보낸 것을 다시 되돌려야 하는가.'

격전지의 최전방에 있던 지부장들로서는 가슴이 답답할 만한 상황이다.

사혈련의 무사들에 밀리면 안 될 지역을 지키고 있는 그들이다. 자신들이 물러나는 만큼 정파의 영역은 뒤로 밀리게 된다.

그런데 현 상황은? 무사들이 위로 지원을 나가기로 되어 있었다. 공적을 처리하기 위해서 지원을 나간 것이다.

여기까지는 일반적인 상황이다.

헌데 사혈련 무사들이 덤벼들기 시작하니 상황이 달라졌다. 이대로면 공적을 잡기 위해 지원을 해 줄 것이 아니라 지원을 받아야 할 판이다.

"당장 전서구를 보내. 올라갔던 녀석들은 다시 돌아오라고 하고."

"천라지망을 형성하려면 저희도 지원을 나가기는 해야할 텐데요?"

"어쩔 수 없잖아? 무림 공적 하나보다는 이곳을 지키는 게 더 중요하다고! 어서 움직여!"

"예, 옙!"

공적은 시시때때로 나오곤 하지 않는가. 지금 당장에는 그런 공적보다는 영역을 지키는 것이 우선이었다.

사혈련이 무림맹의 거센 추격을 잠재웠다.

"휘유. 오늘만 하더라도 몇을 쓰러트린 거죠?"

"열여섯요. 화웅검, 진의권협, 지우칠검, 상서……."

다 기억하고 있었던 것인가? 그녀다웠다. 왕정은 왠지 질리는 느낌인지라 그녀의 말을 막았다.

"아아. 그만하죠. 쩝. 매일 이런 식이면 좀 지치기는 하는 느낌이네요."

"그래도 아직까지 강자가 오지 않은 게 다행이겠지요. 그래도 얼마 안 남았을 거예요."

"확실히요."

무슨 이유에서인지 몰라도 제대로 된 추격망이 형성되지 않고 있다. 여기까지는 좋다. 덕분에 잔챙이 같은 무사들만 상대하면 되었다.

명성을 얻으려는 낭인, 중소문파의 무인들 정도야 몇이든 상대해 줄 수 있다.

하지만 문제는 진짜 고수가 왔을 때다. 섬서에 있는 화산과 종남파의 무인들 중에서 제대로 된 이들이 오게 되면?

그때는 정말 통과하는 것이 힘들게 되리라.

"그나마 섬서 끄트머리에 있어서 구파일방에서 잘 안 나오는 거 같긴 한데 말이죠."

"예. 이대로 중경을 지나서 사혈련의 영역인 귀주까지만 가시면 안전하실지도 몰라요."

사혈련의 영역을 가게 되면 정말 안전할까? 련주가 다시 그를 찾지는 않을까? 모를 일이다.

'어디든 속하기도 싫고 말이지. 흐유…….'

아직까지도 어디에 적을 둘지 정해진 바가 없다.

예쁜 부인을 두고 행복하게 사는 것이 꿈이었는데 왜 이렇게 되었는지를 모르겠는 그였다. 무술을 익히기 이전 사냥꾼으로 살던 때가 그립달까?

궁상을 떨던 그가 고개를 휘휘 저으며 정신을 차리고는 말했다.

"잠시 사냥이라도 다녀오죠. 끼니는 채워야 하지 않겠어요?"

"예. 그럼 부탁드릴게요. 저는 그럼 잠시……."

눈치를 보아하니 그녀도 따로 할 일이 있는 듯했다. 왕정은 그녀에게서 이상한 기색도 느끼지 못한 채로 몸을 움직였다.

가만있으면 궁상밖에 떨지를 않으니, 몸을 움직여서 무어 하나라도 얻으려고 하는 것이리라.

'일단은 함정부터 설치해 두고 가는 게 좋겠지.'

실과 방울.

이 둘을 섞으면 주변을 경계 하는 것이야 생각보다 쉽다.

산의 짐승들은 사람의 냄새를 맡고 피해갈 것이다. 짐승들은 의외로 경계심이 높으니까.

사람의 경우에는 반대다. 방울이 설치된 줄이 있는 줄도 모르고 걸려드는 경우가 대다수다. 걸리면 방울 소리가 날 터.

사냥을 하다가도 방울 소리가 들리게 되면 다시 이곳으로 찾아오면 될 것이다. 허술한 방법인 듯 보이지만 없는 거 보단 확실히 나았다.

"가 볼까나……."

제갈미가 있는 곳을 주변으로 확실하게 실을 설치한 왕 정은 안심을 하고 움직이기 시작했다. 우선은 먹을 것이 필요했다.

'갔다.'

그가 간 것을 확인한 제갈혜미는 골똘히 고민을 하고 있었다. 그녀를 고민하게 하는 것은 그녀의 몸으로부터 나는 냄새 때문.

하남을 벗어나 섬서에 이르기까지 급히 움직이다 보니 도무지 씻을 재간이 없었다.

털털하기 그지없다 알려진 무림의 여인이라지만 이쯤 되면 한계라고밖에 할 수가 없었다.

'조금만 움직이면…… 못이 있던데.'

게다가 자리 잡은 곳에 오랜만에 못이 있는 것도 한몫했다. 그동안은 씻고 싶어도 씻을 곳이 없었지만, 오늘은 아니지 않는가.

추격전이 벌어지는데 씻으려고 움직이는 게 어린아이 같은 생각 같기도 하지만, 몸의 꿉꿉함에 그녀도 어쩔 수가 없었다.

"조금만 조심하면 되겠지?"

결국 그녀가 결심을 한 듯 움직이기 시작했다. 오십 보 정도만 움직이면 닿을 수 있는 못에서 나는 물소리에 안 움직일 수가 없었다.

스르륵.

빨리 끝낼 생각에 그녀가 조금도 망설이지 않고 옷을 벗었다. 순식간에 알몸이 되어 버린 그녀.

그런데 하필 옷이 떨어져 내린 그곳이 하필 닿아서는 안 되었을 곳이었다.

딸랑!

그녀도 조심을 했는데도 불구하고, 왕정이 설치한 줄에 벗은 옷이 걸려 버린 것이다.

"어맛!"

당황한 그녀는 잽싸게 옷을 벗을 때와는 다르게 허둥지둥 댈 수밖에 없었다. 생각지도 못한 일이 일어나 버렸으니 그럴 수밖에.

그래도 열심히 손을 놀려 옷을 다시 입으려고 하지만 하늘은 끝끝내 그녀의 편을 들지 않는 듯했다.

"무슨 일이에요! 허엇."

용케도 멀리서 방울소리를 듣고 온 왕정이다. 그녀에게 무슨 일이 일어난 것인가 걱정하여 온 내공을 사용하여 달려왔을 정도.

그녀가 위험할 일은 없다는 것을 알지만, 한달음에 달려오지 않을 수가 없었다. 덕분에 본 장면은.

달빛 아래 고고하게, 티끌 하나 없는 몸으로 유려한 선을 그리고 있는 그녀의 나신이었다.

"꺄아아아악!"

"죄, 죄송……."

아닌 밤중에 여인의 비명이 산을 한가득 메워버렸다.

＊　　　＊　　　＊

"힘든…… 밤이었네요."

"……."

그녀의 비명을 듣자마자, 정파의 무인들이 그들을 찾아냈다.

다행히 그때는 그녀도 옷을 입고 있긴 했다. 왕정 외에는 나신을 보이지 않은 것이다. 대신에 오해는 불러일으켰다.

급히 입느라 약간이지만 풀어헤쳐져 있는 옷깃. 새빨개진 그녀의 표정이면 상황을 그리기에는 충분하지 않은가.

게다가 여인은 아름답기까지 하다! 중원에서도 알아줄 만큼!

"이, 이 악적! 가, 감히 제갈혜미 소저를!"

"그래도 한 때 독협이라고 이름이 자자하여…… 너를 믿었거늘."

늦은 밤임에도 달려들기 시작한 많은 수의 무인들. 흡사 제갈혜미의 연인이라도 된다는 듯 달려들기 시작한 무인들의 수는 제법 많았다.

낮에 상대한 열여섯의 무인들은 상대도 되지 않을 정도였다.

어디서 그리 나오는 것인지 왕정으로서도 당황스러울 정도였다. 다행히 독공이 자신보다 약자에게 강한 특성이 없었더라면 꽤 위험했을지도 모르리라.

"밤에 한바탕 한 덕분에 낮에는 좀 한가해진 거 같은데요?"

"……예."

어색함을 지워 보려고 괜히 말을 걸어보지만 그녀는 겨우 대답만 해 줄 정도였다.

"저기…… 어제는…… 이미 다 잊었으니까요."

잊기는 무슨!

그 상황을 잊고서야 어디 사내라고 할 수 있을까. 잊기는
커녕 뇌리에 쏙하고 박혀버린 지 오래다.

다행히 정성이라도 닿은 것일까? 그녀가 조심스레 말을
꺼낸다.

"괘, 괜찮아요. 고의도 아니었고…… 저기…… 그러니
까……."

"허험…… 이제 곧 중경에 닿을 수 있으니 어서 움직이
도록 하지요."

전날에 없던 어색함으로 움직이기 시작하는 두 사람이었
다.

―허허. 청춘이구나.

이 상황을 즐기고 있는 자라고는 오직 독존황뿐이었다.

'이대로 섬서를 지나 중경만 통과하게 되면…….'

귀주에서부터는 사혈련의 영역이다. 이대로라면, 별달리
문제없이 떠날 수도 있을 터. 분명 이대로만 된다면 문제가
없을 것이다.

적을 둘 곳은 없어도 더 이상 문제는 발생하지 않을 터.
하지만 의외로 정파는 끈질겼다.

아니, 그들의 고매한 자존심을 지키기 위해서라도 그들 또한 나설 수밖에 없었으리라. 자신의 영역을 공적이라 불리는 자가 지나가는데 가만 둘 자들이 있을 리가 없었다.

왕정이 공적이 된 이유를 이야기하기 이전에 문파의 자존심이 달린 문제였다.

"화산의 청한이라 하오."

청한(淸漢).

현 화산의 2대 제자. 화산의 자랑인 매화검수 중에 하나다.

화산 내에서 매화검수라는 말을 아끼고 또 아끼는 것을 생각하면 매화검수라는 불림 자체가 명호나 다름없었다.

다음 대의 화산파 장문인이 될 수도 있는 자가 바로 눈앞의 청한인 것이다.

그런 그가 왕정을 막기 위해서 몸소 나섰다.

그는 자기 실력에 대해서 자신이 있는 것인지, 아니면 독공의 위험을 염려한 것인지 많지 않은 수의 도인들과 동행했을 뿐이었다.

그는 의외로 예를 취했다. 공적을 대하는 대우치고는 정중함 그 이상이라 할 수 있었다.

"스승께서…… 공적이 되신 바는 안타까우시나 화산에서는 나설 수밖에 없다고 하셨소."

"솔직하시군요. 하기는 지금껏 나서시지 않는 것이 용하다 생각했습니다."

적어도 화산은 왕정을 안타까워하는 것인가? 모를 일이다. 한쪽의 말만을 듣고 모든 것을 결정하기는 어려웠다.

"한 수 겨룸을 원하오. 본도가 이기면 제갈혜미 소저를 데려가겠소이다. 그대 또한 그때는 오라를 받아야 할 것이오."

"서로의 입장이라는 것이 있으니 이해합니다."

다짜고짜 덤벼들지 않는 것이 어딘가. 적어도 그만은 정파인다웠고, 무인답다는 느낌이 들었다.

사파인들이 보기에는 적인 왕정을 향해 예를 올리고, 자리를 마련하는 것이 답답한 일로 보일 수도 있을 게다.

하지만 독존황에게 전해 듣기로는 정파는 본래부터 저리 행동한다 들었다.

답답해 보일지라도 예를 취하고, 뒤를 노리는 것을 수치로 알며, 정치를 하기보다는 정의를 행하는 것이 정파였다.

─정파가 완전히 죽지는 않았구나.

[그러니 버티는 것이겠지요. 적어도 화산은······정상일지도요.]

─허허······ 그러면 오죽 좋으랴. 일단은 두고 보아야겠지.

산서를 넘기려면 화산의 매화검수를 우선 넘겨야 했다.

육합검법을 기본으로 하여 매화십육검형까지 익힌 청한
이다. 이제 막 삼십 줄에 이른 나이치고는 그 배움이 얕지
않은 그였다.

그렇기에 매화검수라는 영광스러운 명호를 부여받을 수
있는 것이기도 했다.

"들은 바가 있으니, 바로 가겠소이다."

타앗.

의외로 그는 선공을 양보하기보다는 바로 달려왔다.

'미친. 정우형보다도 매서운데?'

그의 공격은 지금껏 받아 본 그 어떤 검보다도 매서운 선
이었다. 지금까지 상대한 어지간한 이들과는 격이 달랐다.

과연 화산파에서 대표로 내보낼 만했다.

그대로 공격을 받아야 하는가? 아니다. 피륙으로 저 검
을 받아 보아야 손해만 입는다. 대신에.

콰아아아앙!

독장을 사용하며 맞서는 것이 나았다. 저 검의 간격에 들
어 보아야 손해만 입을 뿐이었다.

콰아앙! 콰앙! 쾅!

왕정의 독장과 청한의 검이 계속해서 부딪친다.

폭음이 계속해서 일기 시작한다. 대결이 매끄럽게 이뤄지기보다는 치열하게 이뤄지고 있는 증거였다.

이대로는 지독한 소모전의 양상일 터.

"과연. 독협이라는 이름을 가질 만했소이다."

"과찬입니다."

왕정은 청한의 말을 받아주면서도 한편으로는 쉼 없이 머리를 굴렸다. 직접 부딪쳐보니 독을 제대로 활용하지 못해서야 승산이 없었다.

화산의 검은 생각 이상으로 매서웠다.

'어쩐다?'

생각해 내야 했다. 이대로 무공과 무공, 검과 피륙의 대결로 이어져 보아야 자신에게 득 될 것이 없었다.

응용할 것을 찾아야 했다. 어떤 것을? 역시 답은 독이다. 그동안 자신이 쌓아 온 응용법 또한 포함이다.

"그럼 다시 가겠습니다. 하아압!"

자색의 강기다. 장문인만이 익힌다는 자하신공이라도 익힌 것일까? 아니다. 그는 장문인이 아니다.

대신에 그 하위 무공이라도 극성으로 익힌 것이 분명할 것이다. 다시 이어지는 그의 공격은 매서웠다.

'일단은 하나부터.'

왕정은 손으로는 끊임없이 독장을 날리면서 다른 한편으

로는 쉼 없이 수를 만들어 나아갔다.

미리 준비된 것도, 미리 생각해 놓은 계획도 없었지만 되는 대로 응용을 계속할 뿐이었다.

'될까? 돼야 한다.'

오직 손으로만 연마했던 토행공이 이 순간만큼은 발로도 먹혀 들어야했다.

터억.

뒤로 한걸음 물러나면서 순간적으로 땅을 뒤집는다. 그리고 그 안에는 미리 준비한 한 수를 넣는다.

기를 이용한 것이기에 가능한 움직임이다.

"오시지요!"

다시 한 걸음 더.

계속해서 맞서는 것을 피하려고만 하는 왕정에 답답함을 느낀 것인지, 아니면 대결에 흥분한 것인지 전보다 열이 오른 듯한 청한의 검을 피하며 물러선다.

순간적으로 땅에 준비를 해 두었음은 물론이다.

다시 세 걸음. 네 걸음. 마지막 다섯!

"여기까지입니다!"

결국에는 그의 간격에 갇히는 듯했다. 왕정의 독장이 얕은 것은 아니지만 그가 사용하는 검기 또한 매서웠다.

검강을 사용한 것이 아님에도, 그의 검기는 왕정의 독장을 벨 줄 알았다. 화산의 묘리가 그의 검에 전부 담겨 있기에 가능한 묘기일 터!

매화의 매서움을 그대로 담은 그의 검이 왕정에게 그대로 다가서려는 찰나.

"저야말로."

화아아아아악!

왕정이 물러나면 만들었던 다섯의 발걸음 하나, 하나에 담겼던 기가 그대로 떠오른다. 그가 평소 수련을 하던 독구의 모습 그대로였다.

스윽.

왕정의 의지에 따르는 것인지 순식간에 단검의 모양으로 변하여 청한에게 쏟아지기 시작하는 독강기!

"어딜!"

아차 싶었던 것인지 청한이 다시 자세를 잡고는 다섯의 독장을 하나씩 맞서기 시작한다.

하나, 둘, 셋…… 그리고 다섯.

왕정이 독강기에 쾌를 담은 것은 아니었기에 의외로 쉽게 독강기를 막는가 싶은 상황!

그가 한없이 뒤로 물러서면서 준비를 했던 다섯의 강기가 그대로 스러지는가 싶은 찰나였다.

"아직 하나 더 남아 있습니다."

어느새인가 그와 거리를 좁힌 왕정이 두 손에 독강기를 만들어 청한에게 날려 버린다.

파아아악!

호흡을 멈추고 급히 하나의 독강기를 막아내는 청한. 무려 여섯의 독강기를 막았으나, 마지막 하나를 막는 것은 역부족이었다.

"크으으윽. 쿨럭."

죽지는 않을 것이다. 대신 죽을 만큼 어지러움을 느끼고 있을 것이 분명한 청한이었다.

그리고…… 이 정도 어지러움이라면 고수들끼리의 싸움에서 충분히 승패가 갈릴 만한 일이기도 했다.

어지러움을 느끼는 상대를 쓰러트리지 못할 만큼 약한 왕정이 아니었다. 하지만 왕정은 이내 손을 내렸다.

"여기까지 하는 것이 어떻습니까?"

"큭……."

그는 차마 자신이 지는 것을 용납하지는 못하겠는지 눈이 시뻘게졌다. 잠시지만 분노로 몸을 부르르 떨 정도였다.

하지만 이내. 그의 수행이 그리 얕지는 않았는지 그는 승패에 대해 인정을 했다.

"……."

작게 고개를 끄덕임으로써 인정을 한 것이다.

그의 인정에도 무당파의 다른 검수들은 여전히 놀란 기색이 역력했다. 자신들의 자랑인 청한이 질 거라고는 생각지 못한 듯했다.

확실히 청한의 검은 매섭기만 했다. 왕정 또한 새로운 경지에 이르지 못했더라면 졌을지도 모른다.

또한 그를 꺾었다 해서 화산을 꺾은 것도 아니다. 화산에는 다른 많은 고수들이 있었으니, 그를 이겼다고 모든 것이 끝난 것은 아니었다.

"보, 보내 주게……."

마지막까지도 검을 쥐어 잡은 채로 청한이 허락을 했다. 원통한 듯 왕정을 바라보는 청한의 일행이지만 그들은 결국 길을 비켜서 주었다.

청한과의 승리로…… 왕정은 섬서를 벗어나 중경에 다다를 수 있었다.

第六章

변화를 주다

　한 사람의 궤적이란 때로 많은 이들에게 영향을 끼치고
는 한다. 그게 의도치 않은 것이라 하더라도 자주 일어나곤
하는 일이다.

　"어떻게 찾았는가?"
　"안 그래도 찾느라 고생 좀 했습니다. 이환 대협이 유명
하지는 않잖습니까? 하하."
　"유명하지 않다면서 대협이 또 뭔가. 그냥 형이라 하게
나."
　이환과 아칠이다. 이환은 파견무사로, 아칠은 의원으로

서 왕정과는 의방에서 함께 시간을 보냈던 사이이기도 했다.

어쩌면 무림맹 내에서도 왕정에 대해서 가장 많은 것을 안다고 할 수 있는 이들이 이 둘일지도 모른다.

가장 가까이서 오래 봐 왔다 할 수 있을 테니까. 그 둘이 함께 모이게 된 것은 결코 우연이 아니었다.

모든 것은 정의방 출신인 아칠이 원해서다.

"이거…… 형님을 한 분 모시게 되는군요."

"변했군. 더 이상 쑥맥이 아니게 된 듯하이."

아칠은 의원 일을 하면서도 쑥스러움이 많았던 이다. 그런데 지금만큼은 전혀 그래 보이지를 않았다.

"그럴 수밖에 없었지요. 많은 것을 생각했습니다."

"아우 또한 그러나? 나 또한 그러했었네."

"당연한 것이겠지요."

무림맹은 왕정에게 누명을 씌웠다. 다른 사람은 몰라도 이 둘은 확실히 알았다.

자신들이 옆에서 보아왔던 왕정은 정이 많은 청년이었다. 아직 어렸고, 많은 것을 배워야 할 이였지만 그 바탕은 선한 이였다.

그런 이가 무림의 공적이 되었다.

잘못? 저지른 것이 있던가. 사람을 치료한 것이 죄가 된다면 이 세상에 있는 의원들 모두가 죄인일 것이다.

죄는 없었더라도 당가의 무인들을 죽이지 않았냐고? 그러니 이제는 죄인이 아니냐고?

자신을 죽이려 하는 자들을 앞에 두고 멀뚱하니 서 있는 무림인이 어디 있던가? 아칠 자신이라고 하더라도 당가의 무인들이 달려들면 죽였을 것이다.

누가 보아도 왕정을 먼저 건드린 쪽은 당가다.

되려 지금까지 왕정 쪽에서 수동적으로 반응했넌 것이 이상할 징도다. 분명 왕정은 죄가 없었다.

그런데 죄인이 되었다. 둘은 생각했다.

'무엇이 잘못됐을까?'

'그가 무슨 죄를 지었다고?'

그는 죄를 짓지 않았다. 그렇다면 죄를 지은 건 어느 쪽인가.

'정파다.'

그럼 죄를 짓는 자들이, 누명을 씌우는 자들이 정파라고 할 수 있는가? 과연 무림맹은 정파인가? 아니다.

"정파는 죽었죠."

"그래. 아직까지 겨우 버티고는 있지만…… 이미 변질되어 버렸지."

오랜 평화. 수십 년간 이어진 평화가 정파를 변질시켰을 것이다.

정의를 추구하던 정파는 마교도 사파도 아닌 시간이라는 이름 앞에서 변해 버렸다. 그것이 작금의 정파의 현실이다.

바보 같은 짓일지도 모르지만, 그렇기에 그런 정파를 나왔다.

"눈 딱 감고 살았으면…… 좀 눈치는 보여도 먹고 살 만했을지도 모릅니다."

"하하. 그래 봐야 평생 하급 무사였겠지. 실력이 오르든 말든……."

"형님도 저와 같았군요? 고아 출신인 저도 평생 평의원이나 했겠지요. 말단으로요."

위로 올라가려 해도 연줄이 있어야 했다. 그러지 않으면 언제고 같은 자리에 머물러야 할 정도다.

무림인들이 모여서 무림맹이 아니라, 협잡꾼들이 모여서 무림맹을 이끌고 있었다. 권력을 위해 모여 있는 부나방들일 뿐이다.

정의도, 가치도 없는 곳이기에 나왔다. 또한 그들은 단순히 나온 것이 아니었다.

"많이 부족할지도 모릅니다."

"그래도 해야겠지."

"예. 저희라도 나서서 움직인다면…… 언제고 변화를 시킬 수 있지 않겠습니까?"

아칠은 변화를 원했다. 자신부터 움직이게 된다면 정파를 조금이나마 회복시킬 수 있지 않을까를 생각했다.

"하하. 동생은 꿈도 크군. 난 단지…… 앞으로 나아가고 싶을 뿐이네. 독협처럼 말이지."

이환은 다른 선택을 했다. 변화가 아닌 발전이었다. 정파, 무림맹을 신경 쓰기보다는 자신을 생각했다.

독협이라 불리는 왕정이 그러했듯이, 더 높은 경지로 올라가고 싶어졌다.

그 해맑아 보이던 청년이 절정의 경지를 뚫고, 당가를 상대로 압도적인 힘을 보여주었듯이 그 또한 한 명의 사내로서 위를 바라보게 된 것이다.

서로 비슷하면서도 다른 선택을 한 두 사람이다. 하지만 둘 사이에는 교차점이 있었기에.

"함께 움직여 보게나. 그래도 하나보다는 둘이 낫지 않겠는가?"

"아무렴요. 둘이면 뭔들 하지 못하겠습니까? 가지요."

언젠가 풍운에 함께하게 될 둘이 무림맹을 떠났다. 하류무사로서, 평의원으로서 낙향을 하는 것이 아닌 원대한 포부를 가슴에 담고서.

포부를 가진 둘이 떠난 무림맹은 때 아닌 내환으로 속을 썩고 있었다.

"도무지 통제가 되지 않습니다."

"무림맹이 나오고 이런 일은 처음이라고 할 수 있을 정도입니다."

아칠과 이환 이 둘만이 무림맹을 떠난 것이 아니다.

수뇌라 할 수 있는 자들, 지휘를 한다 하는 자들은 여전히 남아 있긴 하다. 문제는 그 밑이다.

정의당 의원들이야 제쳐 놓는다 하더라도 왕정을 감시할 겸 파견 나간 무사들이 몇이던가? 교대까지 합하여 백이 넘었었다.

비록 대부분이 하급 무사라지만 백이라는 숫자는 결코 작은 수가 아니다. 무사 백이면 작은 중소문파를 꾸릴 수도 있을 정도의 숫자다.

그들은 바로 옆에서 봤었다.

왕정이 어떤 인물인지, 그가 어떤 선행을 해 왔는지를 옆에서 봐 온 것이다. 게다가 왕정은 그들을 챙겨주기까지 했다.

무림맹에게 파는 해독단을 하급 무사들에게 나눠줬었다. 독에 대한 저항 훈련을 하게 만들어 준 것이다.

후에 독지가 강화된 뒤에는 그런 일이 없었지만 덕분에

파견을 나간 무사들은 꽤나 득을 봤었다.

독에 대한 내성 훈련을 하면서, 몸 안에 내공을 자극시키니 실력 또한 일취월장해 나간 것이다.

이 부분은 왕정으로서도 생각지 못한 부분이긴 했지만 어쨌건 혜택을 받은 것은 사실이다.

왕정의 선행과 덕을 본 하급 무사들로서는 왕정에게 호감을 가지는 것이 당연한 일이었다. 없으면 그게 더 이상한 일일 정도다.

상황이 그러하다 보니 그들은 왕정이 공적이 된 것에 대한 의문을 가졌다.

"대체 왜?"

"독협께서?"

평소라면 무림맹에서 따르란 대로 따르기만 했을지도 모른다. 대부분의 하급 무사가 그리했을 거다.

하지만 파견을 나갔던 이들은 그게 아니었다. 마음에 한 줄기 의문점이 있으니 제대로 나서려 하지를 않았다.

"어서 움직여! 어서 움직여야 추격망을 형성할 것이 아닌가."

"알겠습니다."

대답은 하지만 빠릿빠릿함이 없었다. 대신에 건성으로 움직이는 것이 딱 봐도 티가 났다.

하급 무사로서 무림맹에 녹봉을 받고 있으니 어쩔 수 없이 움직여 준다는 태도가 눈에 보일 정도였다.

적은 녹봉이어도 무림맹의 무사로서 자부심을 가지고 움직이던 그들이 아니었다. 게다가 소문까지 퍼졌다.

"이번 일은 아무래도 이상하다고."

"쉬잇! 그런 말 함부로 했다가는 위에서 경을 칠 게야."

"하…… 그럼 뭐하나? 지금 우리가 말하는 게 사실이란 건 다들 알지 않나."

본디 같은 계층의 사람끼리는 단결을 하는 법이다. 서러움을 많이 받는 하급 무사들로서는 더더욱 단결을 하는 터.

그런 자들끼리 소문이 난 것이다.

이번에 독협이 공적이 된 것은 이상하다고. 그는 그럴 사람이 아니라고. 소문이 나기 시작한 게다.

당연한 물음이고, 당연한 소문이라고 할 수 있을 터.

이러다 보니 굳이 파견 나갔던 백 명의 무사들이 아니라고 하더라도, 그들끼리 쉬쉬하며 소문을 계속 만들어 나갔다.

결국 물음을 참지 못하던 하급 무사들 중에 하나가 용기를 내어 관언을 찾아갔었다.

학관 출신이자, 무림맹에 평생을 바친 관언은 무림맹의 하급에서 상급에 이르기까지 신망이 높은 편이었다.

그만큼은 공정하게 무림맹의 행사를 진행해 온 덕분이다. 하급 무사들에게는 전설과도 같은 자가 관철성 관언이다.

"마, 말씀 좀 물어도 되겠습니까?"

"뭔가?"

"외람되는 말이오나…… 이번에 그는 왜 공적이 된 것입니까?"

어려운 물음이었다. 하급 무사로서는 자신이 잘릴 최악의 상황까지도 생각하며 물은 질문이기도 했다.

정의를 행한다 해서 들어온 무림맹인데, 실제는 그것이 아니니 물은 것일지도 모르겠다. 자부심이 걸린 문제였다.

관언의 입장에서는 답을 해 주는 것이 편했을지도 모른다. 공적이 될 만했으니 공적이 되었다고 말하면 됐을 거다.

그가 그리했다면 그에 대해 신망을 가지고 있는 많은 무사들이 다시 자부심을 되찾을 수도 있을 것이다.

하지만 그의 선택은.

"……."

침묵이었다.

그는 자신이 무림맹의 무사이자, 한 명의 수뇌이면서도 하급 무사의 물음에 답을 해 주지 못했다.

'무슨 할 말이 있을까. 현실이 그러한 것을⋯⋯.'

학관 출신으로서 많은 설움을 딛고 수뇌에까지 오른 그다. 그리고 꿈에 그리던 수뇌에 올라서는 못 볼 꼴을 다 봤던 그다.

그런 그로서도 이번 일은 참기 힘든 한계에 가까운 일이었다. 눈을 감는 것도 정도가 있었다.

그저 침묵만이 그가 평생을 받쳐 온 무림맹에 대한 마지막 예의이리라.

"관철성 어른마저 침묵을 하셨다."

때로 침묵은 그 무엇보다 강한 힘을 가지게 되는 터. 관철성 관언이 하급 무사의 물음에 침묵을 했다는 소문은 금세 퍼졌다.

그리고 그런 소문은 이미 퍼져 있던 왕정에 대한 소문에 확신을 가져다주었다.

"우리는 정의를 행하는 것이 아니다."

"무림맹은 무언가 잘못된 방향으로 가고 있다."

하급 무사들은 무력이 약하기에 하급 무사다. 당장에 무림맹 내에서 강한 힘을 가지지는 못하고 있었다.

경지가 낮으니 발언권도 낮았다.

하지만 하급 무사는 실력이 낮기에 가장 많은 인원을 차지하고 있는 이들이기도 했다. 강하진 않아도 여러 궂은일을 도맡은 자들이 하급 무사들이다.

그들이 의문을 가지고 움직이지 않으니 과연 무림맹이 제대로 돌아가겠는가? 덕분에 추격망은 제대로 형성이 되려야 될 수가 없었다.

"관철성! 대체 일을 그리 처리하면 어찌 되는가!"

"어서 가서 그들을 설득해 주게나. 그대의 말이라면 듣지 않겠는가?"

뒤늦게서야 상황을 파악한 다른 수뇌들이 나서 보지만 관언은 그저 침묵만을 유지할 뿐이었다.

그는 불같은 호령을 하지도, 자신의 의견을 표출하지도 않았다. 회의장에서도 그저 눈을 감고 상황을 지켜보고 있을 뿐이었다.

"대체 무슨 말이라도 해 보게나!"

"본인을……."

그가 계속해서 이어지던 침묵 끝에 결국 입을 열었다.

"호북으로 보내주시지요."

갑작스럽게 호북이라니? 가만히 그의 발언을 바라보고 있던 이들로서는 당황스러울 정도였다.

"그게 갑자기 무슨 말인가? 공적을 처리하는 것에 대해 이야기를 하고 있지 않았던가?"

"맹주. 공적보다도 중요한 것이 사혈련 아니겠습니까?

사혈련이 준동했다 들었습니다. 사혈련으로 가겠습니다."

맹주 이철원.

소림의 전승제자이자 길림성 성주의 아들로서 태어나 무림맹 맹주가 된 입지적인 인물이었다.

소림에서 사사한 그의 검법은 어지간한 무력을 가지지 않고서는 일 초도 버티기 힘들 정도다.

구파일방과의 문제로 부침이 많기는 했으나, 무림맹을 꽤 잘 꾸려온 인물이기도 했다.

구파일방이 조금만 더 그에게 협조를 했다면 사혈련주조차도 무림맹에 대항하기 힘들었을 것이다. 그에게는 있을 흠이라고는 오직 가족 문제밖에 없었다.

한 명의 철인이며 꼿꼿한 성격을 가진 관언과는 꽤나 친분을 가지고 있던 그로서도 지금의 관언의 발언에는 한숨을 쉴 수밖에 없었다.

"허어……."

"가야겠습니다."

"정녕 그리 해야겠는가?"

"예. 차라리 그곳에 제가 있을 자리가 있는 듯합니다."

"……그래 가 보게나. 내 그 길을 막을 수는 없겠지."

"감사합니다."

돌아가는 상황을 보고 썩어버린 정파의 수뇌들이 성토를

하지만 이미 결정은 내려졌다.

"저, 저!"

"현 상황을 어찌하란 것이오."

"……."

"보내주지요. 맹주로서 부탁하겠습니다."

맹주 또한 현재로서는 명예직에 가깝게 아무런 실권도 없다시피 하고 있지 않은가. 그로서는 관언의 의견을 들어주는 것이 최선이었다.

"호북의 상황이 좋지 않다고 하니 먼저 일어나겠습니다. 추적을 위한 일은…… 알아서들 하시기를……."

뒤 돌아서서 가는 관언에게 한 줄기 전음이 날아든다.

[미안하네. 그대에게 제대로 된 무림맹을 보여준다는 말을 지키기가 힘들군.]

관언의 몸이 움찔한다. 오래전에 했던 둘만의 약속이다. 맹주는 그 약속을 여전히 기억하고 있는 듯했다.

잠시 걸음을 멈추었던 그가 다시금 문을 열고 회의장을 나선다. 그런 관언의 뒷모습을 맹주는 묵묵히 바라보고 있을 뿐이었다.

"저, 저런……."

결국 그 상황을 버티지 못하겠는 것인지 언제나 공적이 된 왕정을 어찌 추적할까에 열을 올리던 화옹 진인이 크게 소리를 쳤다.

"어차피 모두가 협력하기에는 늦은 듯하오. 분열이 된 아군보다는 차라리 홀로 나서는 것이 좋겠지. 우리 청성이 나서겠소. 함께 나설 이들은 나를 따라와 주시기를 바라오."

"좋소이다."

청성, 급히 파견된 당가의 인물, 곤륜, 공동이 회의장을 나섰다. 자신들끼리 일을 해결해 볼 요량인 듯했다.

무림맹주를 두고 보일 예의는 아니었으나 이미 일은 벌어졌다.

"……사혈련의 움직임에 대한 대책부터 이야기 하도록 하지요."

무림맹이 크게 분열되기 시작했다.

위, 아래로는 하급 무사들과 수뇌의 분열이. 수뇌끼리는 공적이 된 왕정의 추격과 사혈련의 문제를 해결하기 위한 자들로 나뉜 것이다.

각기 다른 의견을 가진 그들이 그 이름대로 과연 무림을 잘 수호할 수 있을지는 두고 보아야 할 일인 듯했다.

게다가 내환이 아닌 외부에서도 큰 문제가 있었으니, 사혈련은 좀 더 본격적으로 움직이기 시작했다.

"생각보다 상황이 좋군."

"예. 하오문에서 정보를 얻고도 혹시 했지만…… 소문이 사실인 듯합니다."

무림맹 내부에서 분열이 일어나고 있다. 이득도 되고, 딸아이의 부탁도 들어줄 겸 무사들을 동원해서 찔러 보았는데 효과가 좋았다.

어찌어찌 련의 도발에 대응을 해내는 지부도 있긴 했지만 삼 할 정도는 제대로 버티지도 못하고 물러났다.

수십 년 동안이나 끈덕지게 버티던 무림맹의 무사들이 물러났다는 것이다.

어떻게든, 무슨 희생이든 감수해서라도 암전(暗戰)을 버텨내던 그들이 물러나기 시작했다는 것은 꽤나 고무적인 사실일 수밖에 없었다.

'전면전은 아직 무리지만…….'

이 기세라면 일정 영역 정도는 차지하는 것이 가능하지 않겠는가? 상황이 생각 이상으로 좋았다.

그렇기에 그는 이 기세를 잘 살릴 방안을 생각했다. 굳이 전면전이 아니더라도 무림맹에게서 얻을 것은 많았다.

"이번 일의 원흉이 사천의 당가가 아니던가?"

"예. 이미 멀리 알려진 사실이지요."

당가와 왕정은 완전히 척을 졌다.

왕정이 공적이 된 이유가 그가 당가와 척을 져서라는 것을 모르는 자들은 거의 없었다.

전체 능력으로는 무림맹에 뒤떨어진다는 소리를 듣는 사혈련이지만, 단일 세력으로 무시할 바가 못 되었다.

한 치의 균열도 없이 버티고 있는 무림맹이라면 모를까, 안으로 내분이 있는 무림맹의 내부쯤이야 속속들이 파악할 수 있는 능력 정도는 갖춘 지 오래였다.

자연히 그들은 언급은 하지 않았지만 그런 당가와 함께하는 문파가 어딘지쯤은 련주도 이미 파악하고 있었다.

"그럼 그들은 꽤 바쁘겠지."

"아마 그럴 겁니다. 자신들끼리 괜히 일을 벌이고 수습도 하지 못하고 있는 것이지요."

"그 아이가 참으로 도움이 되었어. 생각 이상의 결과지……."

오직 딸을 치료하기 위해서 그 아이를 데려왔던 것이다. 헌데 그 결과는 상상 이상의 파급력을 가지고 있었다.

무림맹주가 어떻게든 숨기려고 해 왔던 무림맹의 내분(內紛)과 내환(內患)을 전부 적나라하게 노출시켜 주었다.

언제나 무림맹의 영역을 노렸던 사혈련으로서는 기회일 수밖에 없는 상황이었다.

"어렵게 갈 필요도 없겠지. 중경에서 무사들을 빼게. 그리고 그들을 데리고 운남을 노리게 되면 그들로서도 당황스러울 수밖에 없을걸세."

"운남 말입니까?"

"그래. 운남."

운남에는 점창파가 있다. 정파이면서도 꽤나 실전적인 무공을 사용하는 곳이 점창이기도 했다.

강한 무공을 가지고 있으나, 점창이 성세를 이루면 기다렸다는 듯 출현을 하곤 하는 독곡의 독인들 때문에 크게 성세를 떨치지 못하는 비운의 문파기도 했다.

독곡과 가장 가까이에 있으니 언제나 가장 먼저 피해를 받곤 하는 곳이 운남의 점창인 것이다.

"슬슬 독인이 출현할 때가 아닙니까? 괜히 함께 있다가 일에 휘말릴지도……."

"아니야. 무슨 이유에서인지 몰라도 어차피 독인이 출현하지 못한 지 오래 되지 않았나."

북해빙궁의 빙화는 전대에도 출현했다. 하지만 독인들의 경우에는 이상하리만치 잠잠했다. 모종의 이유가 있는 게 분명했다.

련주는 그것을 핵심으로 찌르고 있는 것이다.

"그들이 출현하지 못한다면야 독곡은 생각하지 않아도 되네. 중요한 것은 가장 남단에 위치한 점창을 건드리면 저들이 어찌 나오느냐지."

"아아……."

중원의 지도상 점창은 가장 남단에 있다.

정파 무림맹의 문파들 대부분은 북쪽에 있으니 정파로서
도 남쪽에 있는 점창에 일이 발생하면 반응하기가 힘들다.

련주는 그것을 노리는 것이다.

내분이 있어 반응하기 힘든 때에 점창을 건드리게 되면?
감히 무림맹으로서도 전면전으로 나서지 못하겠지!

'절대 전면전은 하지 못하겠지. 완급조절을 할 테니
까…….'

사혈련이 조절을 하니 전면전은 피하더라도, 대응을 아
주 안 할 수는 없었다.

이리 흔들고 저리 흔들다 보면 그들은 어떤 선택을 할
까? 과연 내분이 있는 가운데에서 좋은 선택을 할 수 있을
까?

그리고 그 틈을 쥐고 흔들면?

전면전으로 가지 않더라도 충분히 이득을 얻을 수 있지
않겠는가?

너무 희망적이기만 한 계산일 수도 있다. 일을 벌이다 보
면 많은 변수가 발생하는 법이니 계획대로 이뤄지지 않는
일도 부지기수다.

하지만 이번 일만큼은 잘 해낼 수 있을 거라 여기는 련주였다.

무림맹의 내분 아래에서 련주가 조금씩 야욕을 드러내고 있었다. 아주 천천히, 음습하게.

第七章

험난하게 되다

그들끼리 회의를 하는 것은 금세 이뤄졌다. 이미 오래전부터 손발을 맞춰온 데다가, 무림맹 내에서도 하나의 파벌을 만들었던 그들이 아니던가.

전에는 다른 이들의 시선을 신경 쓰며 최대한 조심스레 회의를 했다면, 지금은 대놓고 한다는 것이 달라졌을 뿐이다.

화웅 진인을 바라보며 당가에서 파견된 당청운 장로가 조심스럽게 이야기를 꺼냈다.

그는 당기선 장로가 죽고 급히 파견된 장로였다. 급하게 이곳으로 오느라 초췌함이 가득했지만 그 눈만은 정광이

가득했다. 아니, 광기였다.

복수를 위해서는 일족이 전부가 나서는 당가의 전통에 따라 왕정을 죽이기 위한 광기를 불태우고 있는 것이다.

"현실적으로 가지요. 당장에 나설 수 있는 건 우리 당가와 청성이요."

"우리야 당연히 나설 것이오."

"감사합니다. 화웅 진인님의 은공은 우리 당가가 항시 기억할 겁니다."

"허허……."

이번 일에는 사람 좋아 보이는 인상을 가진 화웅 진인도 여러모로 걸리는 바가 있었다.

허나 이번 일에 발을 디딘 지 오래인 그다. 이미 죽어 버린 당기선과 협약을 한 것이 너무 많았다.

당기선이 죽었으니 협약 중에 얻기로 한 것을 전부 얻지 못할지도 모른다. 그렇다 해도 이제 와서 발을 빼기에는 늦었으니 그도 적극적일 수밖에 없었다.

'어쩔 수 없는 것이라면…… 최선을 다해야겠지.'

개방을 통해서 듣기로 당장 왕정이 중경에 이르렀다 들었다. 공적이 된 그가 귀주에라도 도착하게 되면 안 되었다.

그때부턴 사혈련의 영역이니 추격을 하기도 힘들다.

중경을 벗어나기 전에 왕정을 처리해야 했다. 자연스레 회의에는 참여했으나 문파의 위치는 중원 북쪽에 치우치게 자리를 잡은 곤륜과 공동은 문파원을 동원할 수 없게 됐다.

점창 또한 거리가 있어 무리였다. 하지만 그들이라고 해서 생각해둔 바가 없는 것은 아니었다.

거리가 멀어 문파원들을 투입하지는 못하더라도 그들은 그들 나름의 역할이 있었다. 후방의 지원은 물론이고, 그들의 명성을 이용하여 도움을 줄 참이다.

서로가 해야 할 일에 대해서 조율을 하고 있으려니 점창에서 알아주는 무인이자, 속가제자로서 중책을 맡은 하운성이 말했다.

"내 듣기로 공적이 재미있는 소문을 만들었다지요?"

그는 본 바탕은 무인이기는 하였으나, 계책이라는 것을 이용할 줄도 알았다.

물론, 사특한 성격은 아니었다. 나름 공명정대하되 지금의 자리는 점창의 대표로 온 자리이니 도움을 주고 있는 것뿐이었다.

"아아. 그 제갈가의 여식이 ……일을 당할 뻔했다던 그일 말이오?"

"그렇소. 무림 세가로서 들을 만한 소문은 아니지 않겠소이까. 그러니……."

"그러니?"

왕정이 그녀의 알몸을 보게 됨으로써 질렀던 비명이 호사가들에게 들어갔었다.

그에게 무림의 많은 시선이 쏠려 있으니 일이 금방 퍼지는 것은 당연한 일이다. 못해도 중원에 있는 오 할 이상의 호사가가 그의 행적만을 바라보고 있으리라.

그 호사가들을 통해서 비명이 있던 일은 변질되고, 꾸밈이 더해져 왕정이 인질인 제갈혜미를 간음한 것이 아니냐는 소문까지 돌 정도였다.

왕정이 그녀의 미모를 탐하여 덮쳤다는 것이 중론!

제갈세가에서는 못 들은 척 쉬쉬하고 있지만, 그들도 이미 소문 정도는 들어 알고 있을 것이 분명했다.

제갈혜미의 아비인 제갈운 또한 꽤나 속이 쓰릴 것이다. 딸이 강간을 당했다는데 기분이 좋을 아비는 그 어디에도 없었다.

그런데 이 일을 왜 갑자기 꺼내는 것일까?

"그 일을 이유로 하면 천라지망을 펼치는 데 제갈가의 도움도 받을 수 있지 않겠소?"

"그들은 이 일에 가장 소극적이지 않소. 딸의 위험도 위험이고…… 그 전부터도 그들은 소극적이었소."

제갈세가는 무공도 무공이지만, 합리적인 이성을 더욱

추구하는 가문이다. 그 성에서 드러나듯 제갈공명의 후예라 말하는 자들이기에 더욱 그럴지도 모른다.

그런 제갈세가이니 만치 그들은 합리적이지 않은 일에는 잘 나서지를 않는다.

이번에 공적이 된 왕정의 일에 잘 나서지 않는 것도 그런 맥락과 함께 하는 일일 것이다. 그들다운 선택이다.

그러니 화옹 진인의 말도 맞다면 맞는 말이다. 과연 이번 소문을 빌미로 제갈세가가 제대로 나서줄 것인가?

"제갈세가 전체는 아니어도 적어도 그녀의 아버지는 나설 것이오."

"호오……."

"어차피 천라지망을 펼치는 것 자체가 제갈세가 전체가 필요한 일이 아니오. 그들의 머리가 필요한 일이지. 그러면 충분하지 않겠소이까?"

"밑져야 본전이니 한번 시도해 보지요."

과연 이들의 생각이 제대로 먹혀들지는 모를 일이다.

"좋소이다. 청성, 당가가 힘을 쓰는 동안 우리도 열심히 움직여 보겠소이다."

어쨌건 결정은 났다. 오늘 회의가 이루어졌던 곳에서는 전서구가 쉼 없이 날기 시작했다. 제대로 된 추격대가 왕정을 쫓기 시작했다.

천라지망이라고 해서 천 리를 모두 사람으로 막는 것이 아니다. 그렇게 하려면 수천이 아니라 수만을 동원해야 할 것이다.

아무리 무림맹이라고 하더라도 그건 무리다.

그렇다 해서 방법이 없는 것은 아니다.

"여기. 여기. 여기가 중요하오."

제갈운이 지금 하고 있는 것처럼 우선은 추격을 당하는 자가 도망갈 곳을 미리 읽어내는 것이 중요했다.

추격자의 심리를 읽고, 그가 있는 곳의 지리에 대입해야 한다. 말이 쉽지 보통의 사람으로서는 할 수 없는 일이다.

그것을 얼마나 잘 추려낼 수 있느냐가 천라지망을 시작할 수 있는 가장 큰 핵심이다.

제갈가의 사람 정도, 알아주는 책사 정도나 되어야 할 수 있는 일이 바로 지금 제갈운이 하는 일이다.

"어떤 식으로 배치를 하면 되오?"

장소를 짚어냈다고 해도 다음이 문제다.

생사를 걸고 도주를 하는 자는 항상 추격하는 자의 허점을 어떻게든 찌르려 하는 법이다. 그들의 입장에서는 살기 위함이니 당연한 일이다.

모두에 사람을 배치할 수는 없으니, 사람을 대신한 무언가를 해내야했다.

"상대적으로 덜 중요한 쪽은 진을 설치하지요. 시간을 끌면 되지 않겠소이까?"

"그놈은…… 인질이 있지 않소?"

도주자의 능력도 감안해야 하는 것은 당연했다.

현재 그들이 잡아야 할 왕정은 제갈혜미를 인질로 잡고 있다. 그녀는 진에 관해서는 제갈운 이상이라고 알려진 여인이다. 한마디로, 천재다.

그런 그녀가 도와주면 아무리 대단한 진을 설치한다고 하더라도 해체당할 수 있다.

하지만 제갈운은 단호했다.

"나는 내 딸이 공적을 도와줄 거라 여기지 않소."

"흐음……."

화옹 진인은 미심쩍은 얼굴로 제갈운을 가만 바라봤다. 하지만 이내 그는 물러날 수밖에 없었다.

당장에 제갈운이 없이는 천라지망을 펼칠 수도 없었다. 그만한 능력을 가진 자가 중원에 몇 되지 않기 때문이다.

그러니 죽이 되든 밥이 되든 일단은 믿고 진행할 수밖에 없다.

"설사 도와준다고 해도 문제가 되지 않소."

"문제가 되지 않는다?"

"그렇소. 진을 사용하는 것은 시간을 지체시키기 위함. 설사 빠르게 해진을 한다고 하더라도 시간은 걸리지 않겠소?"

설치한 진이 제 몫만 하면 된다는 말이다.

"그것도 맞는 말인 듯하오. 알겠소이다. 그럼 우리는 어디로 움직이면 되겠소이까?"

"옥화산으로 가주시면 됩니다. 서림은 제가 그쪽과 친분이 있으니…… 제가 맡지요."

"알겠소이다."

지리, 심리, 능력.

그 모든 것들을 감안한 제갈운의 천라지망이 펼쳐졌다.

무슨 일이 있어도 제갈혜미의 편을 들어주던 그가 하는 일이라고는 생각지 못할 치밀한 천라지망이었다.

"설치하러 가보자꾸나."

"예."

그와 그의 조카가 움직인다. 제갈가의 사람들 또한 본격적으로 움직이기 시작한 것이다. 과연 제갈운의 생각은 무엇일까.

*   *   *

"잡아라!"

"본격적인데요?"

전에는 이러지 않았다. 보통은 낭인, 잘해야 중소문파에서 알아주는 자들 정도가 겨우 덤벼 왔다.

무당의 검법이야 물론 매섭긴 했지만, 단 한 번이었다. 그 한 번을 넘기고 섬서를 빠져나온 둘이다.

헌데 중경에서부터는 추격망의 격이 달라졌다.

허술하기만 했던 추격망은 천라지망이란 이런 거구나 하고 생각이 들 만한 수준이 되었다.

솔직히 저들의 추격을 우습게 여기기 시작했던 왕정으로서는 크게 혼쭐이 나고 있는 상태였다.

"우왁. 또 있네."

"······."

왕정의 당황에도 제갈혜미는 침묵을 하고 있을 뿐이었다. 무언가 생각하는 바가 따로 있는 듯했다.

왕정으로서도 상황이 다급하니 그녀의 눈치를 보고 할 것이 없었다.

'우선은 처리해야겠군.'

일단 자신에게 달려들기 시작하는 두 개 조부터 처리를 해야 했다.

─오랜만이구나. 허허. 오랜만에 제대로야. 어서 처리해

라. 지금 제대로 처리치 않으면 한없이 몰려드는 게 천라지 망이다.

[옙!]

왕정이 몸을 움직이기 시작한다.

적의 수는 사십. 이십 명씩 조를 이뤄 길목마다 지키고 있는 듯했다. 복색을 보아하니 대다수가 청성의 사람이다.

그때부터 왕정은 화웅 진인이 제대로 끼어들기 시작했다는 것을 알았다.

'청성이 왔으니 당가도 곧 보겠군.'

청성이라고 해서 좋게 생각하는 것은 아니다. 당가만큼은 아니지만 그들도 애시당초 마음에 들지 않았다.

죽이지는 않겠지만…… 그렇다고 쉽게 봐줄 생각도 없었다.

그동안 갈고 닦은 경공을 뽐내기라도 하듯 왕정의 몸이 화살같이 쏘아져 나간다. 추격대와 사십 보 이상 벌어졌던 거리가 좁혀지는 것은 순간이다.

"큭."

"크으윽."

흡사 귀신이라도 된 것 같지 않은가?

그의 손이 지나갈 때마다 중독되어 쓰러져 나간다.

"흐아압! 공적! 죽어라!"

그의 뒤를 노리면 주위로 살아 있는 도깨비불이라도 된 듯 날고 있던 강기들이 그를 보호한다. 아니, 상대를 쓰러 트린다!

아무리 청성의 무사들이라고 하지만 왕정의 독한 독을 이겨낼 자들은 이곳 어디에도 없었다.

"후우……."

탁탁 손을 치며 순식간에 사십의 무사를 쓰러트린 왕정 이다.

죽은 자는 없지만 몇 달간은 정양을 해야 할 거다. 그나 마 무림인이니 후유증도 덜할 게다.

사람을 죽인 것도 아니기에 왕정은 시원한 표정을 지었 다. 아침 운동이라도 한 듯 개운해 보이는 표정이었다.

[확실히 독공이 학살에 특화라니까요.]

─아무렴. 중원에서 독을 경외시하는 이유는 대비를 하 지 않고서는 쥐도 새도 모르게 당해서겠지. 게다가 실력이 낮으면 반항도 하기 힘드니…….

[왜 할아버지가 강하다고 하는지는 알 거 같네요.]

전투를 한 번 치렀으니 잠시의 시간을 번 것이라고 생각 한 왕정이다. 해서 잠시의 여유를 부리고 있는데, 생각이상 으로 천라지망은 치밀했다.

"저기다!"

"아아…… 젠장. 아주 말려 죽이려는 거군요."

어디로 가야 하는가? 마음 가는 데로 간다고 해서 될 문제가 아니라는 것쯤은 이미 알고 있는 왕정이다.

선택을 해야 했다. 그런 선택은 자신보다는 그녀가 잘 할 터. 왕정은 그녀를 가만 바라봤다. 어디로 가야 하냐는 물음이다.

"남동으로 가지요. 그곳에 빠져나갈 구멍이 있을 겁니다."

그녀는 여전히 고민스러운 표정이었지만, 방향 선택 정도는 해 주었다.

'남동이라…….'

—서림이 있는 곳이구나. 허허. 꽤 재미있는 치들이 있는 곳이지.

목적지는 일단 서림이다.

*　　　*　　　*

"잠시만요."

진이다. 청성과 당가에서 진을 설치한 능력이 있는 것인지, 천라지망을 위해서 설치된 것 치고는 제대로 된 거였다.

그녀는 여전히 침중한 표정으로 진에 다가갔다.

본래라면 진에 걸리고 나서야 알아야겠지만, 그녀는 보자마자 진이 설치되어 있는지를 알았다.

그녀가 주변의 지물을 이용하여 무언가를 움직이고, 놓고, 쓰러트린다. 그러자 주변의 배경이 변화하기 시작한다.

물결 아래에 풍경이 있는 모습이랄까? 투명하던 무언가에 막이 생긴 듯한 모습이다.

"호오…… 변형인 건가요?"

"예. 우선 이곳에 이걸 설치하고 다른 곳으로 가서 쉬지요. 잠시 동안은 이곳 진에 사람이 몰릴 겁니다."

왕정을 가두자고 만든 진을 변형하여 되려 천라지망을 구축한 이들을 혼란시키고 있는 그녀였다.

섬섬옥수의 손짓 몇 번으로 이뤄낸 일치고는 꽤나 대단한 일이지 않은가.

"햐아……."

그녀의 뒤를 따라가면서도 여전히 감탄을 하고 있는 왕정이었다.

"가지요."

"예. 이쪽으로 움직이면 될 거예요."

그녀가 시간을 벌었다고 하니 분명히 벌었을 것이다. 평소 허언을 하지 않는 그녀니 믿을 만했다.

적당하니 자리를 잡고, 오늘은 미리 말려놓았던 육포를 침으로 녹여 씹고 있는 둘이었다.

꽤 고생스레 만든 녀석인데 막상 먹을 때는 별로 맛이 없었다. 제대로 준비를 하고 만든 것이 아니다 보니, 어쩔 수 없이 감수해야 하는 부분이었다.

육포의 맛도 맛이지만 그녀의 분위기를 보고 있자니 마음이 걸려 왕정이 물었다.

"고민이라도 있으신 건가요?"

"……아니에요."

아닐 리가 없다.

평소 말이 없는 그녀기는 하지만 이 정도는 아니다. 할 일이 없다면 응용에 관한 이야기라도 했을 그녀다.

그런데 오늘은 천라지망이 펼쳐져 있는 것을 보고부터 계속 저런 식이었다.

'천라지망에 상심이 큰 건가? 혹시 천라지망을 통과 하지 못할까 봐? 불안해하는 거려나…….'

꽤 단순한 왕정의 생각이다. 하지만 현재 둘의 가장 큰 목적은 도주가 아니던가. 맞는 생각일 수도 있었다.

왕정은 그녀를 안심시켜줘야 한다는 생각으로 말했다.

"너무 걱정하지 마세요. 오늘 보여드린 것처럼 어떻게든 뚫고 갈 수 있다고요. 하하. 저를 믿어요."

조금은 과장스러운 몸짓을 하며 그녀를 안심시키려는 왕정이다. 그런 왕정의 정성이 통한 것일까?

"후후. 정말 그런 게 아니에요. 통과할 수 있겠죠. 할 수 있을 거라 믿어요."

"에이. 그럼 뭐가 걱정인가요? 그런 무거운 표정 지으면 주름 생긴다고요. 주름."

"음……."

잠시의 침묵. 하지만 이내 그녀도 말을 해야겠다고 여긴 듯했다.

"사실은 천라지망 그 자체 때문에 그런 거예요."

"천라지망 때문에요?"

"예. 생각 이상으로 천라지망은 구축하기 힘들어요. 많은 분석을 해야 하는 게 천라지망이죠. 설사 분석을 했다 해도, 도주자를 보고 계속해서 수정을 해야 하구요."

"호오…… 그렇게나 어려운 거였군요."

흡사 사냥을 할 때 함정을 설치하는 것과 같지 않은가? 천라지망이 펼쳐져서 힘들다는 것만 생각했지 이런 부분까지는 생각하지 못한 그다.

전혀 새로운 것을 접하였기에 그의 눈에 약간이지만 호기심이 어린다.

"예. 생각 이상으로요. 그래서 보통은 천라지망을 구축한다 하면 많은 책사들이 달라붙어요."

"어려우니 당연한 일이겠군요."

"할 수 있는 사람 자체가 몇 되지 않죠. 특히 이런 건…… 저희 가문이 가장 잘해요. 때문에 제갈세가가 나서서 천라지망을 지휘하게 되면 성공률이 높아지지요. 도망자를 잡을 성공률이요."

"무공이 아니어도 지략으로도 알아주는 제갈가라면 당연한 이야기겠죠!"

괜히 제갈가라 불리겠는가?

괜히 무림의 오대세가겠는가. 오랜 시간 동안 능력을 증명해 왔기에 그들이 제갈세가일 수 있는 것이다.

당연히 천라지망도 제갈가가 제일일 거다.

왕정이 그녀의 가문을 인정하는데도 그녀는 여전히 무거운 얼굴이었다.

"……감사해요. 헌데 문제는 그게 아니에요. 아무리 봐도 이 진은…… 제갈가가 설치한 거예요. 저희 가문이 이번 일에 나섰다고요."

"아아……."

그런 걸 걱정하는 거였나?

그녀를 위한 것인지, 왕정에게 호감이 있는 것인지 이유는 모른다. 다만 지금까지 제갈가는 왕정을 공적으로 만들고 추격하는 것에 반대해 왔다.

그런 제갈가가 천라지망을 설치하는 데 일조를 했다? 그녀로서는 당황스러울 법도 했다. 그녀의 고민이 이해되는 왕정이었다.

"무슨 사정이 있는 거겠지요."

"모르겠어요. 아버지는 보통은 제 선택을 존중해 주시지요. 이번에도 그리했고요. 그런데 지금 이 천라지망을 보면……."

"아버지 되시는 분이 설치한 거군요."

"예."

"흐음……."

그녀의 아버지가 직접 나섰다라?

대체 무엇 때문에 그가 나선 것일까? 그가 나서지만 않았더라면 왕정과 그녀는 중경을 벗어나서 무림맹의 추격을 쉽게 피할 수 있을 거다.

[대체 왜 낀 걸까요? 이대로면 쉽게 도망갈 수 있었을 텐데요.]

—허허. 쉽지 않으냐?

[쉽다고요?]

—그래. 그녀의 아버지가 직접 나섰더라면…… 이유야

뻔하다.

독존황이 들려주는 이유는 천재인 그녀라고 하더라도 예상하지 못할 이유였다.

그녀가 어리석어서가 아니라 아직 어리기에 많은 것을 경험해 보지 못했기 때문이다. 부모의 마음을 헤아리기에 그녀는 아직 어렸다.

더 겪어야 할 것이 많고, 해 보아야 할 것이 많은 그녀였다. 왕정도 독존황의 설명이 아니었더라면 짐작도 하지 못했으리라.

모든 설명을 다 들은 왕정이 그녀에게 말했다.

"아무래도 선택의 문제이겠는데요?"

"선택이요?"

"예. 하하. 이거 선택이 아니라 도리라고 해야 할까요……."

어쩌면 그녀와 곧 헤어질 시간일지도 모르겠다.

第八章

묘한 시험

제갈혜미만큼이나 그의 아비가 되는 제갈운 또한 천라지
망을 살피는 내내 침통한 표정이었다.

'혜미야…… 어떤 선택을 할 것이냐.'

제갈세가의 핏줄이기 이전에 그는 아버지다.

중원에 있는 대부분의 아버지들은 자식보다는 가문을 먼
저 생각하지만 그만큼은 그러지 않았다.

어쩌면 전대에 제갈세가를 위해 목숨까지 바친 자신의
아버지에 대한 제갈운의 반항심의 반로일지도 모른다.

그가 이곳에 오고, 다른 이들이 보기에는 완벽해 보이지
만 천재인 제갈혜미가 보기에는 '적당히' 천라지망을 설치

한 것은 다 이유가 있었다.

그렇기에 지금 가문의 사람이 아닌 딸아이의 아버지로서 이 자리에 서 있는 것이다.

"인원을 줄여야겠습니다."

"인원을 줄인단 말이오? 인원을 늘리는 것이 아니고?"

"예. 줄여야 합니다. 인원이 많아 보아야 쓸데없는 희생만 늘릴 뿐입니다. 며칠간의 희생을 보십시오."

"흐음……."

제갈운이 가리키는 곳에 그동안 왕정에게 당한 무인들의 수가 적혀 있다.

청성파의 무인들 대다수는 부상이다.

그 수만 하더라도 백이 넘었다. 청성파 직계가 아닌 속가 제자 출신, 중소문파에서 동원한 이들의 희생까지 합하면 더욱 많았다.

당가는 어떠한가? 다른 곳은 몰라도 당가는 처참하게 당하고 있었다.

어지간하면 살인을 하지 않는 왕정이었지만, 당가의 표식이 보이기라도 하면 바로 즉사를 시켰다.

그것도 아주 처참히.

자신들의 무위에는 자신이 있는 당가의 사람들이지만 계속적으로 사망 소식이 들려오니 타격이 아예 없을 수는 없었다.

천라지망을 펼치기로 한 지도 위에 쓰러져 있는 말들이 바로 그런 피해자들의 수치다. 그 말들을 보고 있자니 청성이나 당가나 침묵을 할 수밖에 없었다.

"독공을 익힌 자입니다. 독공의 무서움은 약한 자들을 학살시킬 수 있다는 것에 있음을 아시지 않습니까?"

"……."

할 말이 없는 걸 거다. 아니, 이곳에 당가의 사람이 없었더라면 독공은 마공이라고 소리쳤을지도 몰랐다.

며칠간 그들이 당한 것은 그만큼 뼈아픈 패배였다.

"차라리 소수로 움직이게 하는 것이 낫습니다. 대신에 다른 방안을 더 추가하지요."

"다른 방안이라 함은?"

"빠진 인원들은 다른 조에 보충을 할 겁니다. 전에는 무조건 20명씩 조를 이뤘다면 이제는 조마다 숫자가 다르게 배치될 거라 이 말입니다."

조를 이루고 있는 사람이 빠지게 되면 남는 사람이 생기게 된다. 당연한 이치다. 제갈운은 그 인원을 다시 이용하자고 하고 있었다.

"그렇게 하면 효과가 생깁니까?"

"예. 소수 조와 다수 조가 생길 겁니다. 소수 조는 셋입니다. 이들 중 일부에게는 신호탄이 지급될 겁니다."

"일부만 말입니까?"

"예. 일단 들으시지요. 다수 조는 소수 조가 되고 남은 인원들을 다수 포함할 겁니다. 또는 여러 조가 합쳐지기도 할 예정입니다."

최소 서른 세 명이 하나의 조를 이룬다는 소리다. 최대는 백에 가까운 조가 생길지도 모른다.

"그들은 제가 그려 나가는 방향으로 배치가 될 겁니다."

눈앞에 있는 지도위의 말들을 제갈운이 빠른 속도로 움직이기 시작한다. 미리 정한 바가 있는 듯 막힘이 없었다.

"한 곳으로 몰리게 배치를 하는 것이오? 다수 조는 적당히 퍼져 있고…… 신호탄을 가진 말이 묘하게 배치되었군."

"예. 천라지망도 이제 좁혀질 때가 되었습니다."

"그것과 신호탄은 무슨 연관이 있는 것이오?"

"소수 조의 일부가 신호탄을 쏘게 되면 당황할 수밖에 없을 겁니다. 뭔가 있다 생각을 하겠지요."

평상시와 다르다는 것. 잘 지급되지 않던 신호탄이 소수 조에게 지급된다는 것은 호의를 진행하는 이들만이 알 수 있는 것이다.

"그건 그렇소이다."

"소수 조는 그에게 당황을 심어줄 것입니다. 다수 조는 그에게 길을 비껴가게 하겠지요."

"길을 비껴가게 한다라……."

"다수 조가 있는 곳을 피하고 또 피하다 보면 결국 하나로 몰릴 수밖에 없게 됩니다."

"호오……."

제갈운의 손이 지도위의 한 점을 가리킨다.

다수 조, 소수 조를 피해서 움직이다 보면 도달할 수밖에 없는 곳이 그곳이라는 듯 정확히 점을 찍고 있었다.

"이곳에서 승부를 한번 결할 수 있을 겁니다. 최소한 부상을 입을 수 있겠지요."

"좋군."

가만히 지도를 바라보던 당가 장로가 만족스러운 표정을 한다. 그가 제갈운을 바라보며 물었다.

"당연히 우리 당가가 배치되는 것이겠지요?"

"아닙니다."

"아니란 말이오?"

"예. 이곳에는 저희 제갈세가가 일익을 담당할 겁니다. 그리고 다음은 청성이 맡아줄 것입니다."

"그럼 우리는 무엇을 하오?"

"마지막을 하시지요. 가장 원한이 큰 것은 당가가 아닙니까. 이제는 솔직하게 인정해야 하지 않겠습니까? 그는 나이를 떠나 강합니다."

"……."

침묵한다. 내심 인정을 하지만 가문의 원수가 되어 버린 왕정의 실력을 대놓고 인정할 수는 없기에 그러한 것일 게다.

당가를 마음에 들어 하지는 않는 제갈운이지만 그의 내심 정도는 짐작할 수 있기에 대답 없이 말을 이어나갔다.

"그러니 세 번의 준비를 하는 겁니다. 처음은 제갈세가가 다음은 청성이…… 그리고 마지막은 당가가 되는 겁니다."

"좋소."

"커흠……."

청성의 화웅 진인은 이 작전이 내심 마음에 들지 않는 듯했다.

왕정을 상대하다 보니 청성의 명성도 많이 떨어졌다. 며칠이라는 시간을 두고 왕정을 잡으려 했는데 잡지 못한 덕분이다.

이왕이면 화웅 진인의 입장에서는 청성이 왕정을 잡기를 원했다. 그게 명성을 복구하기 위한 가장 좋은 수였다.

하지만 돌아가는 상황상 제갈운의 말에 동의를 할 수밖

에 없었다.

자신들이 먼저 일을 벌여 놓고는 복수에 미쳐버린 당가의 눈에 잘못 보였다가는 괜한 피해만 입을 것이 뻔했다.

'피해라도 줄이는 게 낫겠군. 점창의 검이라도 빌려야 하는가…… 흐음.'

차라리 그는 정파인답지 않게 실리를 택했다.

제갈운의 작전을 시행하면서도 최후의 최후까지 청성 입장에서는 피해가 적을 방안을 생각하고 있는 것이다.

무림인이면서도 정치력 하나 만큼은 알아주는 그다웠다.

모두가 마음의 결정을 내린 듯하자 제갈운이 확답을 해 주었다.

"이틀이면 될 겁니다."

"그 이틀 뒤에 놈을 꼭 죽이겠소이다! 놈의 시체를 갈기갈기 찢어 당가의 모든 사람들이 밟게 만들 것이오."

"……."

이를 가는 당가. 눈치를 보는 청성. 무언가 다른 생각이 있는 듯한 제갈. 그들이 왕정을 막기 위한 함정을 팠다.

*　　　*　　　*

피유우웅. 파앙!

신호탄이 또 터진다. 잘해야 셋 정도 있는 이들인데 저 신호탄 때문에 항상 문제다. 신호탄이 터진 뒤에는 오십도 넘는 인원들이 몰려오곤 했다.

그러다가도 또 어느 순간 보면 신호탄이 없는 이들도 있었다. 그들을 치고 지나가는 것 정도는 수월했다.

여태 그러했듯이 독을 뿌리고 도망을 가면 그것으로 되었다.

신호탄을 쏘는 쪽을 피하고, 사람이 많은 쪽을 피한다. 신호탄이 없어 보이는 이들만 돌파해 내면 된다. 아주 단순하다.

'뭔가 이상해……'

하지만 왕정은 내심 이상할 수밖에 없었다. 자신의 감이 대단하다 생각하지는 않지만 이쯤 되면 뭔가 이상함을 눈치챌 수밖에 없다.

천라지망을 펼친 이들이 뭔가를 노리고 있다는 것을 눈치채지 못하면 그게 더 이상하다.

왕정이 그녀에게 물어보려니 그녀가 먼저 말했다.

"모는군요."

"몰아요?"

"예. 몰이를 하고 있어요. 저희를요."

몰이라니?

"아. 제길……."

가만 보니 몰이가 맞지 않은가.

중원의 사냥꾼들 중에서는 개를 동원해서 사냥을 하는 이들이 꽤 된다. 사람을 몰이꾼으로 동원하기는 힘드니 개를 이용하는 것이다.

그리고 그 개를 이용하여 사냥꾼들은 큰 짐승을 잡곤 했다.

'젠장할…….'

짐승에게나 쓰던 것을 자신에게 사용하는 것을 보니 입이 아주 쓴 왕정이다.

"인정한 거겠지요. 실력을요……."

"입이 쓰긴 하네요."

자신을 몰이당하는 짐승 취급을 한 것이 아닌가?

인상을 잔뜩 찡그리면서 나아가려니, 이내 무언가 이상함을 느꼈다. 이건…….

"진이네요. 첫째 몰이가 진이라고 하면…… 제갈세가겠군요."

"음……."

—생각한 대로구나. 역시 선택을 해야 할 때인 것 같다.

이미 독존황이 말한 바가 있었다.

제갈세가가 나선 것이라면 그의 아비가 나선 것이라 했

다. 그리고 그의 아비는 그녀에게 선택을 하라 할 것이다.

그때가 지금 닥친 것이다.

며칠 전 밤. 그 밤에 그녀가 선택한 것은 자신과는 정 반대되는 선택이었다. 평소라면 그녀의 선택을 존중해 줄 터.

하지만……

과연 자신이 그녀의 선택을 존중할지는 모를 왕정이다. 그는 자신이 가지지 못한 것을 가진 그녀의 것을 지켜 주고 싶었다.

*　　　*　　　*

"왔군."

그와 그녀가 진에 들어선 것을 제갈운은 바로 느꼈다. 온 신경을 집중하고 있는데 느끼지 못할 리가 없었다.

"가지……."

진의 천재인 제갈혜미를 가둘 진은 세상에 몇 되지 않다. 그녀를 상대로 진에 가둬봐야 얼마나 가둘 수 있겠는가.

되려 진을 변형시켜서 천라지망을 펼친 무인들을 막기까지 한 자신의 딸이다.

하지만 애시당초 진을 이용해서 시간을 끌 생각은 없었다. 어차피 지금 만들어진 진 따위야 시선을 가리기 위한 용도일 뿐이다.

"오셨군요."

왕정도 제갈운을 기다리고 있었던 것인가. 그는 당황한 기색도 없이 자신들을 향해서 모습을 드러낸 제갈가의 사람들을 반기고 있었다.

"놀라지 않는군?"

"예. 당연히 오실 거라 생각했습니다."

"당연하다라?"

"아버지가 아니십니까. 그러니 오셔야 했겠지요. 제갈혜미 소저를 데리러 오신 거지요?"

상대가 이해를 하니 제갈운으로서는 이야기하기 편했다. 아버지로서 자신이 이곳에 온 것을 어린 나이지만 이해를 하는 듯했다.

'속이 깊은 아이군…….'

제갈운은 그리 생각했다.

"그러네. 이상한 소문이 돌게 되니 더욱 빨리 데리러 오게 되었네."

"이상한 소문이요?"

"듣지 못했는가?"

"예. 제 상황이 그렇다 보니…….."

도망을 다니다 보니 듣지를 못한 것이다. 제갈운도 그제야 이해가 갔다.

"자네가 내 딸을 간음했다는 소문이 있네."

"예?"

펄쩍 날뛰기까지 하는 왕정이다. 제갈세가의 등장에도
놀라지 않던 그가 제갈운의 마지막 말에는 크게 놀란 듯했
다.

"제가 무슨……."

"몇 주야 전에…… 섬서에서 딸아이의 비명이 울려 퍼졌
다 들었네."

"……그, 그렇긴 했죠."

그런 일이 분명 있기는 했다. 어쩌다 보니 생긴 우연이
다. 지금도 그때 생각만하면.

'아른거리네…… 젠장. 잊을 수가 있어야지.'

당황스러움과 함께 그녀의 아름다웠던 나신이 생각나버
리는 왕정이다. 아직 혈기왕성한 나이인 그이니 이러는 것
도 이해는 갔다.

"무슨 일이었는가? 정말 소문대로라면……."

아버지로서의 분노인가. 그의 분노를 대변하는 듯 제갈
세가의 사람들이 한 걸음 전진해 온다.

맞서자면 맞서지 못할 것도 없지만 왕정으로서는 그것만
큼은 피하고 싶었다. 게다가 반쯤은 그도 죄를 지은 것이나

마찬가지 아닌가.

대 제갈세가의 금지옥엽 되는 여인의 나신을 본 것도 죄라면 죄다.

왕정은 팔을 휘휘 저어가면서까지 말했다.

"절대! 절대로 그런 일 없었습니다. 제가 그런 일을 할 리가 없잖습니까?"

"흐음……."

쏘아보듯 왕정을 바라보는 제갈운이다. 굳이 간음을 하지 않았더라도 딸아이를 인질로 삼기까지 한 왕정이다.

연기라는 것을 이미 꿰뚫고 있긴 했지만 딸의 초췌한 모습을 보고 있노라면 좋을 수만은 없는 게 그의 입장이다.

"정말이냐?"

그가 재확인을 하려는 듯 딸인 제갈혜미를 바라보고 묻는다.

"……예."

그녀도 차마 자신의 나신을 보여줬다고는 말하지 못하는지 잠시 뜸을 들이고는 아니라 말할 뿐이었다.

"흐음…… 알고도 넘어가야 하는 것인가……."

그가 묘한 말과 함께 왕정에게 눈초리를 보낸다. 과년한 자식을 데리고 다니는 왕정이 끝끝내 마음에 들지 않는 듯했다.

그리고 또한 지금만큼은 아버지로서 딸아이를 말릴 수밖에 없는 상황이기도 했다.

"그 아이를 보내주게나. 강제로 함께하는 것이 아님을 알고 있으나…… 내 입장에서는 데려갈 수밖에 없음이니……."

지금 이 상황을 위해 제갈운은 여기까지 몸소 온 것이다. 왕정을 돕겠답시고 인질 행세를 하고 있는 딸아이의 선택을 더는 지켜 볼 수가 없었다.

"아버지!"

"갈 때가 되었지 않느냐?"

딸의 비명이 퍼지면서 동시에 좋지 못한 소문까지 터졌던 것이 딸을 데리러 오려는 그의 행동을 부추겼을지도 모르겠다.

"제 선택입니다."

"이 아비는 언제나 네 선택을 존중했다. 하지만 지금만큼은…… 안 되겠구나."

딸아이가 왕정을 돕는 것까지는 인정할 수 있다. 그래, 인질 행세를 한 것도 큰마음으로 넘어갔다 치자.

하지만 그것도 한계가 있다.

지금 이대로 중경을 지나가 남쪽으로 내려가게 되면 귀주성에 닿게 된다. 그때부터는 제갈운이라고 하더라도 딸을 보호할 수가 없다.

천라지망을 펼치는 척, 딸아이를 유인하여 데려 올 수도
없다. 제갈세가에 원한을 가지고 있는 사혈련의 놈들이 딸
을 노려도 보호해 줄 수가 없다.

그게 현실이다.

딸의 선택도 중요하지만 여기까지다.

그게 제갈운의 생각이고 아버지로서의 선택이다. 그나마
그가 여기까지 딸의 행동을 용납한 것은 아비로서 딸의 선
택을 존중했기에 가능했던 일이리라.

"저는……."

"갈 때가 되지 않았느냐?"

"저는 가지 못합니다. 저는……."

"돌아가지 않으면? 그러면 평생을 저 아이와 함께 도망
을 갈 것이냐."

"……."

침묵이다. 그리고 때로는 침묵이라는 것이 모든 답을 대
신하는 상황이 오기도 했다.

"허허……."

언제나 품에만 있을 것 같은 딸아이가 이런 선택을 하다
니. 그렇다고 그걸 받아 줄 수는 없지 않는가.

"강제로라도…… 데려가야겠구나."

"아버지!"

그녀는 끝끝내 그의 말을 듣지 않겠다는 듯 크게 소리를 치기까지 했다. 평소 그녀의 성격을 생각하면 있을 수도 없는 일인 터.

그녀가 더 말을 이어가려고 하는 찰나.

"저는…… 으윽!"

그녀는 생각지도 못하게 뒤에서부터 날아오는 암수에 당해버렸다. 혼혈을 짚여 그대로 쓰러지게 돼버린 것이다.

제갈운도 왕정이 그리 할 것이라고는 생각하지 못했는지 조금은 놀란 듯했다.

"허허……."

헛웃음을 지으며 아무런 말도 하지 못하는 그에게 왕정이 말했다.

평소 그답지 않게 조금은 씁쓸해 보이는 표정이 왠지 모르게 안타까워 보이는 왕정이었다.

"가족이 중요하잖아요? 저란 놈은…… 오랫동안 가족이 없어봐서인지 소중한 게 무언지 더 잘 알겠더라구요."

"그랬던 것인가?"

"예. 저야…… 언젠가는 볼 수 있겠죠. 그리 중요한 놈도 아니구요. 하지만 가족은 중요하니까요."

이제는 독존황이 있다. 그 누구보다 따뜻한 정을 나눠주는 가족이 있다.

하지만 오랫동안 가족 없이 홀로 지내보았던 왕정이다. 그렇기에 가족의 소중함이 무엇인지를 알았다.

그녀의 선택은 자신과 함께 귀주로 향하는 것이지만, 그게 옳지 않음을 알기에 그녀를 놓아줬다.

"……미안해지는군."

"미안해하실 것 없습니다. 해야 할 일을 하신 거 아니겠습니까? 전이라면 모르겠을까…… 제갈세가에서 왜 나섰는지를 압니다. 원한도 원망도 없습니다."

그들의 입장에선 제갈혜미를 위해서 나서는 것이 맞았다. 그래야만 온전히 제갈혜미를 데려갈 수 있을 것이다.

'또 다른 이유도 있지…….'

무림에서 세력을 이루게 되면 때로는 원치 않아도 움직일 수밖에 없는 것이다.

제갈세가는 정파다. 정의보다는 이성적으로 생각하는 면이 강하기는 하나 기본은 정파에 바탕을 두고 있다.

그런 그들이 공적을 처리하는 데 적당히 나서기는 했어야 할 것이다.

천라지망을 펼칠 수 있는 자들이 대부분 제갈가의 사람이기도 하니 이번 추격에 안 나서게 되면 왕정을 놓치는 원망을 제갈세가가 들어야 할지도 모를 일이다.

개방 또한 그런 이유로 직접 추격은 하지 않더라도 정보 제공정도는 하지 않았는가.

"이해해줘서 고맙네. 그대가 원한다면…… 적어도 제갈세가는 그대를 공격하지 않을 걸세."

"매력적인 제안이군요. 그런데 말입니다."

"뭔가?"

"이왕 나서신 거 확실히 하셔야 하지 않겠습니까. 바보 같은 짓이고…… 그럴 필요가 없는 것을 알지만 작은 시험 정도는 해 주실 수 있지 않겠습니까? 그래야 제갈세가도 면목이 서겠지요."

"허허…… 끝까지 배려를 하는군."

제갈세가에도 부상자는 나와야 했다.

후에 왕정이 귀주로 떠났을 때 제갈세가에서 아무런 부상자도 없다면, 애써 나선 제갈세가에게 청성이나 당가가 의심의 눈초리를 보낼지도 모른다.

결국 그들은 서로의 입장 때문에라도 붙을 수밖에 없게 되는 것이다.

─이참에 한 수 배우는 것도 나쁘지는 않을 게다.

[예.]

제갈세가의 무인 몇이 자세를 잡고 나온다. 왕정의 오 방위를 순식간에 둘러싸는 그들이다.

"우리가 준비한 것은 이것이네. 작은 시험이라 했지만…… 만만치는 않을 걸세."

"부탁드리겠습니다!"

제갈가가 자랑하는 사상오행진(四相五行陣)이 펼쳐졌다. 첫 시험이다.

第九章

돌파하다

음양오행.

음과 양에 오행을 더하여 세상사 모든 것을 해석하는 그들이다. 음양오행은 중원에서 말하는 모든 것이라고도 할 수 있는 것이다.

그런 음양오행을 사상임에도 불구하고 이성적으로 해석할 수 있을까?

사상임에도 그것을 풀어낼 수 있을까?

역학이라는 것이 있긴 하지만 자신들만의 이성으로 풀어낼 수도 있지 않을까?

제갈가의 사람들은 끊임없이 생각했다.

기가 실존하고 그 기를 이용하여 오행의 힘을 사용하는 이들이 있으니 충분히 가능하다. 그러니 연구를 해 보자.

음양을 연구하고 오행을 연구하자.

그들은 끊임없이 연구했다. 음양이 서로 상합(相合)을 하는 것을 연구하다 보니 무공이 탄생했다.

오행을 꼬고, 비트니 생각지도 못한 많은 수의 현상이 일어났다.

이를 정리하여 오행이 서로 다투고, 화합하며, 섞이는 것을 연구하니 수 없이 많은 진법이 나왔다.

음양오행.

제갈세가는 이 네 가지 말로 모든 것을 설명할 수 있는 가문이기도 하리라.

그들은 음양의 구도자이자, 오행의 연구자이며, 또한 무림을 살아가는 무림인이다. 그게 그들의 본질.

그런 그들의 본질이 합하여 만들어진 역작 중에 하나가 사사오행진이다.

"후우……."

터어억.

또 한 번 그의 뒤를 노리던 검을 막아내는 왕정이다.

한 명, 한 명 놓고 보면 금세 이길 수 있건만 다섯이 합하여지니 도무지 이겨내기가 힘들었다.

'독구도 먹히지를 않네…….'

어떤 수를 쓴 것인지 독구를 만들어 내면 그 기운이 진의 어떠한 힘에 의하여 쇄락하기 시작한다.

제 힘을 내지 못한다는 소리다.

저들도 검기 정도는 사용할 수 있어서 쇄락한 독구 정도는 쉽게 막아 내고는 했다. 역시 괜히 제갈가의 진이 아닌 것이다.

이런 진을 자유자재로 펼칠 수 있는 자들이 수두룩하다면? 상상만 해도 아찔하지 않은가.

—제대로 된 진이구나. 오대세가의 힘이 그대로 전수되고 있어. 흘흘.

손발을 놀리고, 강기를 부어가면서 제갈가의 진을 막고 있으려니 독존황은 무언가 반가움이라도 느낀 것인지 오랜만에 웃음을 짓는다.

근래에 들어서는 무언가 고민이 있는지 말조차도 자주 하지 않던 그의 모습과는 대조적이었다.

그는 지금의 상황을 즐기고 있는 듯했다.

—네가 독을 사용하니 화 속성을 강화했을 거다.

무슨 말인가. 그는 이미 이 상황을 겪어 본 것인가.

상황이 상황인지라 독존황의 말에 답도 하지 못하는 왕정이다. 그만큼 상황이 급박했다.

―그렇다면 역으로 가야 하지. 독이라 해서 무조건 오행 중 화(火)에 약한 것이 아니라는 걸 알려 주거라.

"흐읍……."

독이 화에 약하지 않다?

중원에서 정화의 속성을 가졌다고 알려진 것이 화의 속성이다. 화수목금토. 오행 중에서도 강한 파괴력을 보여주기도 하는 것이 화의 속성이다.

때문에 지금 이렇게 고생을 하고 있는 것이 아닌가. 그런데도 독존황은 화를 이겨내라고 말한다.

'허튼 말을 하실 분은 아닌 터.'

이곳에 돌파구가 있을 것이다. 약하다고 알려진 것을 역이용 하는 것이 답. 그렇다면?

"하아압!"

왕정의 기세가 일순간 변화된다. 조금씩이지만 밀리기만 하던 왕정이었다. 그런데 이제는 되려 전진을 하기 시작한다.

사상오행진에 의해서 피해를 받을 수도 있음에도!

―독이란 결국 넓게 보면 세상의 모든 것이다.

한걸음에 독존황의 말이 더해진다.

다시 한 걸음.

―화의 속성도, 물의 속성도. 결국 오행으로부터 모든

것이 나니, 독 또한 오행의 모든 것이나 마찬가지인 게야. 이미 알고 있지 않느냐?

이미 알고 있다고? 그래. 알고 있었다.

자신이 얻은 깨달음이 무엇이던가.

수없이 많은 독을 흡수하고도 얻은 깨달음은 통합이었다. 모든 독을 한 번에 통합을 시키고 나서야 절정의 벽을 깨부술 수 있었다.

'그럼 더 망설일 것이 무언가?'

모든 독을 통합할 수 있다 함은, 결국 다른 모든 것들을 독처럼 이용할 수 있다는 말과도 다름이 없었다.

모든 것을 독으로 보고, 그 독을 흡수하려 하는 것이 연독기공의 묘리일지니.

왕정이 사상오행진의 기운을 역으로 이용하기 시작한다. 조금씩이지만 왕정을 죄어가던 제갈가의 무사들로서는 생각지도 못한 상황이다.

뒤에서 여유롭게 지켜보던 제갈운의 표정이 굳는다.

"막앗! 오행진을 다시 역으로 돌린다."

진을 변화시키지만 그것이 소용이 있을까? 화를 수로 돌려도, 수를 금의 기운으로 돌려도 어느 기운이든 상관없다.

'기운이기에 흡수하기 쉽지.'

조금의 응용이면 충분히 할 수 있는 일이다. 기운 그 자체를 다루는 것을 넘어서서 강기지경까지도 다루는 무공이 연독기공이 아닌가.

차라리 진으로 거대한 기운을 다루지 않았더라면 또 모른다.

한 명의 절대 고수. 화경에 이른 고수가 왕정의 앞을 막았더라면 왕정은 그대로 물러섰을지도 모른다.

'아니 물러서기 이전에 당했을지도…….'

하지만 진만큼은 아니다. 이제 알았다. 많은 재능을 가진 독존황이 유독 진에 관해서는 지식이 전무했었다.

배울 필요가 없었기 때문이다.

진의 기운을 이용하여 역으로 진을 설치한 자들을 공격하면 되는데 뭣하러 진에 관해서 공부를 할까?

필요 없는 것을 익힐 만큼 한가로운 삶을 산 독존황이 아니었을 것이다. 천재인 그는 진을 배울 단계를 넘어 순식간에 초절정에 이르렀을 것이다.

자신 또한 독존황처럼 그리하면 되었다. 많이 돌고 돌아 이제야 초절정의 초입에 겨우 닿았지만 기운 정도는 조절할 수 있었다.

파아아아아앗!

"크으윽."

"제, 제어가……."

기운을 흡수하고 내뿜는다. 오행의 기운을 온연히 독의 기운으로 받아들이기엔 무리다. 완전히 흡수하여 자신의 내공으로 삼을 수는 없다.

하지만 일시적으로 기운을 흡수하고 내뿜는 것 정도는 가능했다.

그가 뿜어내는 기운이 사상오행진의 기를 압도했다. 제갈가의 무사들이 진의 제어권을 되찾으려 노력을 하지만 소용없었다.

이미 왕정에게 기세는 넘어왔다.

"끝내지요……."

파앙!

육장과 육장이 부딪치는 것이 아니다. 기와 기!

사상오행진의 기운과 그 기운을 흡수하여 역으로 이용하는 왕정의 기운이 부딪친 것이다.

'이……이건…….'

진의 지휘를 하던 제갈운으로서도 방비를 하지 못 할 만큼 순식간에 끝이 나 버렸다.

그는 이렇게 쉽게 사상오행진이 깨질 거라곤 전혀 예상하지 못한 듯했다. 아니, 상정 자체를 하지 않았을 것이다.

또한 제갈가의 오랜 기억으로 이어지던 일이 실제로 일어났기에 당황을 하기도 했다.

'독중지황의…… 공능. 독곡 독인들의 방법이 아니던가. 그곳 출신인가? 아니다. 중원인이지 않은가.'

왕정이 보인 사상오행진의 파훼법은 아무나 할 수 없는 것이다.

이미 제갈세가에도 기록이 되어 있지만 독곡이나 태양신궁, 북해빙궁에서나 겨우 하는 수법이다. 아니면 지고한 경지 중 하나인 화경에 이르러 있거나.

그런데 왕정은 그러한 일을 바로 해내었다. 독공을 이용해서, 해낸 것이다. 제갈운이 얼이 빠진 채로 물었다.

"독곡의 출신인가?"

"예? 제 행적이야 무림맹에서 이미 알겠지만…… 독곡에는 가본 적도 없습니다."

"흐음…….'

왕정의 말대로다.

그의 과거는 이미 무림맹에 속한 사람들쯤 되면 다 안다. 사냥꾼을 하다 어느 순간 무공을 익힌 왕정이다.

성장 속도가 괴이할 정도로 빠른 데다가, 무림인의 속성이 적긴 하지만 독곡과는 그리 관련이 없는 그였다.

그의 말대로 독곡 자체를 간 적이 없다.

'그래도…….'

왜 한 점의 의문이 생기는 것일까. 알 수 없는 일이다.

"크으……."

사상오행진을 펼쳤던 제갈가의 무인들이 그제야 정신을 차린 듯했다.

왕정이 이번 대결에서 독보다는 사상오행진의 기운을 역으로 이용했기에 독에 중독된 이는 단 한 명도 없었다.

그렇다 해도 강한 기운에 당한 것에 몸에 무리가 가기는 한 듯했다.

"한 수 잘 배웠네."

"저야말로 새로움을 배웠습니다."

"허허. 새로움이라……."

이 순간에도 발전을 해 나가는 것인가?

"남은 두 시험은 우리 이상일지도 모르네. 그대에게 제대로 독을 품고 있는 자들이니까. 그러니 아까 말한 대로 피해갈 수 있는 길을 마련해 줄 수도 있네."

"아닙니다. 어려워도 넘어야지요. 어차피 대가를 받아내야 할 사람들입니다."

청성과 당가.

자신을 공적으로 만들어 낸 다른 문파들에게도 대가를 받아야겠지만, 그 전에 이 둘은 가장 우선으로 처리해야 했다.

처음 원인을 제공한 자들이 그들이기 때문이다. 그렇기

에 어려운 길이라고 하더라도 돌아갈 생각은 없었다.

야수의 소굴이라 할지라도 파헤치고, 깨부수는 그다. 미련해 보일지 모르지만, 그것이 왕정의 사냥방식이다.

"가보겠습니다."

가야 할 시간이다. 미련을 가지지 않기 위해 제갈혜미에게는 눈길 한 번 주지 않고 떠나려는 왕정이다.

그런 그가 안타까웠는지 제갈운이 먼저 물었다.

"딸아이에게 전할 말은 없는가?"

"선택을 존중해 주지 못해 미안하다고 전해 주시지요. 또한 많은 빚을 얻었다고요. 이 빚은 어떻게든 갚겠다고 말입니다."

"허허……."

과연 왕정이 그녀에게 빚을 진 것일까? 아버지인 제갈운이 보기에는 되려 제갈혜미가 왕정으로부터 많은 것을 배운 듯했다.

'말을 해서 무엇 하겠는가…….'

그렇게 쓰러진 제갈혜미를 그대로 둔 채로, 왕정은 제갈가의 첫 시험을 통과해 냈다.

*　　　　*　　　　*

공적이 된 왕정조차도 혈전을 벌이는 것은 아니건만, 중원의 곳곳에서는 혈전이 벌어지고 있었다.

본디 격전지였던 중경에 많은 추격대가 간 것을 노린 것인지 그 빈자리를 사혈련은 지독하게 노렸다.

제갈세가의 정예 몇이 빠진 호북과 사혈련의 총단이 있는 호남의 경계에서는 암전이 아닌 전면전 수준의 대결이 계속해서 벌어지고 있었다.

이참에 많은 것을 얻으려는 듯 사혈련은 꽤나 본격적이었다.

"킥…… 이번에는 또 누구더냐?"

사혈련의 무사 첩운.

명호는 철하무사(鐵蝦武士)다.

특이하게도 사혈련에서 몇 안 되는 외공의 고수이기도 했다.

대부분의 사파 무사들이 고된 외공 수련보다는 좀 더 쉬운 수련을 택하는 것을 생각하면 꽤 의외인 자다.

철포삼을 강화했다고 알려지는 자신만의 독문무공을 익혔다고 알려졌는데, 그 부작용인지 특이한 생김새를 하게 된 그다.

목이 쏙 들어간 채로, 상체만 크게 발달하고 구부러진 것이 새우 같은 모습이다. 그러니 명호에 하(蝦)가 들어갔을

지도 모른다.

생김새답게 주로 상체를 이용하여 박치기를 하고, 팔을 휘둘러 주변을 초토화시킨다.

하체가 상대적으로 약하다곤 알려졌지만 상체의 공격을 막다 보면 하체를 공격할 틈도 없다.

사혈련에서도 꽤 알아주기에 백인의 무사들을 이끌고 있을 정도다. 그가 호북의 통성(通城)에서 적을 찾아 외치고 있었다.

"내가 상대해 주지."

"너는?"

"관철성 관언이다."

"헛……."

순간적으로 관언을 알아보지 못했던 첩운의 눈이 크게 떠진다.

관철성 관언이 누구던가. 사혈련과 무림맹의 전장에서 공을 세운 철인이다. 흑무 정우가 하던 일을 전대에 처리하던 이가 관언이다.

무림맹 학관 출신이면서 자신만의 경지를 개척해 나가는 그다.

그가 무림맹의 무사들 열을 베고 자랑하듯 전시했던 환준파(煥俊派)를 일신으로 깨부쉈다는 일화는 이십 년이 지난 지금까지도 전해질 정도다.

감히 철하무사 첩운이 상대할 자가 아닌 것이다.

"오지 않으면 내가 가지."

쿠웅.

꾕음이 이는 듯한 착각을 받는 첩운이다. 무인이면서도 특이하게 무장을 걸치고 있는 관철성의 위압감은 보통을 넘어섰다.

푸왁!

육중한 무게를 싫은 그의 주먹이 첩운의 얼굴에 작렬한다.

"큽."

외공을 익힌 덕분에 즉사는 피했지만, 첩운의 얼굴에는 고통이 가득했다. 그의 외공으로도 관철성의 타격을 전부 막지는 못한 것이다.

외공의 고수가 고통을 받을 정도이니 관철성의 위력은 알아줄 만하지 않은가!

그때부터가 시작이었다.

"가만 가게나."

까득.

자신의 팔 사이에 첩운의 머리를 잡아 메는 관철성이다. 그리고는 그는 그 상태 그대로 크게 기를 끌어 올렸다.

조금씩 힘이 들어가는 팔. 그가 한 무장 사이로, 시뻘겋게 올라온 그의 핏줄이 선을 그린다.

"으아아아악! 그, 그만!"

우지직.

외공의 고수인 첩운의 머리가 순식간에 으깨진다. 외공의 고수라 할 수 있는 첩운의 방어를 팔 하나로 뚫어 버린 것이다.

머리가 으깨진 첩운이 살아남았을 거라고 생각한 자들은 그 어디에도 없었다.

"도, 도망쳐."

사혈련의 무사들은 정파와는 달랐다. 자신들을 실용적이라 말하는 그들은 분위기가 좋지 못하면 도망갈 줄을 알았다.

허나 과연 관철성을 상대로 도망갈 수 있겠는가.

콰득!

멍하니 첩운의 시체를 바라보던 사혈련 무사의 배에 관언의 주먹이 작렬한다. 내장이 전부 터져버리는 건 당연한 일이었다.

"오거라! 이 몸을 쓰러트려 보란 말이다."

그는 야수다.

평소 진중하기만 한 모습은 전장에 서게 되면 달라지게

된다.

관철성이라는 명호를 가지기 이전에 사혈련의 무사들에게는 사신이라 불리던 관철성이 본격적으로 이빨을 드러낸 것이다.

그는 전장에서 나고 자란 무사다. 오직 사혈련의 무사들을 죽이기 위해서 자라난 철인이 그인 것이다.

콰아아앙! 쾅!

"아악!"

"내 팔!"

그의 육신이 닿는 곳마다 사혈련 무사들이 으깨진다.

"아프더냐?"

"크아아악! 괴, 괴물!"

"가거라."

"큽."

인자함도, 자비심도 없었다. 사혈련 무사들에게 학관의 많은 동료를 잃었던 한이 담긴 관언의 주먹이다.

이미 많은 나이를 먹어, 일선에서 한걸음 물러났던 그이지만 그 한만큼은 여전했다. 아니, 좀 더 짙어졌다.

현역일 때의 그때처럼 그는 쉼 없이 몸을 놀렸다. 무림맹의 회의에서 아무것도 하지 못했던 자신의 울분을 풀겠다는 듯이.

자신의 동료였던 그들이 쓰러져 나간 전장에 사혈련의
무사들을 봉헌하겠다는 듯 그는 끊임없이 움직였다.

"오거라!"

적을 불러들이는 사신. 관철성 관언이 전장에 돌아왔다.

第十章

두 번째 시험

관철성 관언의 출현은 사혈련주에게 고민보다는 되려 호재를 가져다주었다.

"일이 재미있게 되었군. 내가 현역이던 시절 일전을 벌이던 그가 나섰단 말이지?"

"예. 첩운을 비롯해서 이미 이백이 넘는 수가 그에게 당했다고 합니다."

사혈련과 무림맹의 최대 격전지인 중경에서 무사들을 뒤로 뺐던 사혈련이다. 점창을 공격하기 위해서였다.

그들이 잠시 빠져나간 중경에서는 왕정을 상대로 한 천라지망으로 쉼 없이 움직이고 있는 무림맹이 있었다.

호북의 경계와 산동에서는 사혈련이 선전하고 있는 상황이었는데 관철성이 오게 됨으로써 호북에서는 무림맹의 우세가 점쳐지고 있는 상황이다.

그럼에도 그의 얼굴에서는 미소가 사라지지 않았다.

"무림맹에서 관철성을 꺼내 들 정도면…… 그쪽도 다급하거나 내분이 슬슬 크게 번지고 있다는 거겠지."

"책사들도 그리 분석했습니다."

련주는 자리에 가만히 앉아 모든 상황을 분석해 내고 있었다. 하기야 상대의 성향을 파악해 두는 것 정도는 기본이긴 했다.

"그렇다면 중경에는 청성, 당가 등이 있으니 사천에는 당장 무림맹 무사들이 많지 않겠군?"

"예."

"흐음……."

그가 무언가를 생각한다. 점창이 있는 운남을 공격하기로 한 그다. 여기에 더해서 무언가 또 수를 낼 듯했다.

"중경에서 빠져나온 무사들을 사천에 삼 할 정도 보내게. 목적은 교란."

"바로 진행하겠습니다."

"나머지 칠 할은 귀주 성으로 보내게. 또한 호북에서 분투하고 있는 무사들도 참여시키게."

"그렇게 되면 관철성이 있는 호북은 완전히 밀릴지도 모릅니다. 그동안 애써 얻은 이득이 사라질지도⋯⋯."

관철성이 왔다고 뒤로 밀린다?

그럴 거라면 뭣 하러 도발을 시작했는가. 차라리 이럴 거면 사혈련은 아무것도 하지 않고 현상 유지만 하는 것이 나았다.

굳이 암전을 펼쳐 련의 무사들을 희생시킬 필요도 없지 않았던가.

무림맹의 틈을 노려서 애써 얻은 것들을 쉬이 놓아준다는 것에 의문을 가지는 련주의 수하였다.

"괜찮네. 어차피 관철성이 있으면 몇을 동원해도 밀리네. 희생만 생긴다 이 말이네. 괜히 관철성이 아니야. 그는 무림맹에서도 몇 안 되는 진짜거든."

그만큼 관철성이 강하다는 것인가? 관철성을 실제로 겪어보지는 못했던 수하의 얼굴에 물음표가 그려진다.

"그 정도입니까?"

"그래. 그는 강해. 자네 정도가 나서야 막을 수 있을 것이야. 그것도 대응할 수 있을 정도지. 그는 전장의 악귀야. 자네 동료들까지 나서면 혹 모르겠지만, 그럴 필요가 있겠는가?"

"⋯⋯기회를 주신다면 언제든지 고꾸라트릴 수 있습니

다."

사혈련주가 이렇게 말할 정도라니. 무림맹의 철인이라는 관철성다운 평가였다.

"알고 있네. 하지만 우리 사혈련은 좀 더 효율적이어야 하지 않겠나. 그러니 차라리 귀주로 모두 가게나."

"점창을 본격적으로 노리는 것입니까?"

"세를 줄여주는 게 좋겠지. 사천에서 암전이 시작되면 바로 움직이게나."

이중계책이다. 관철성 관언이 호북에 있는 동안 사천에서는 불길이 일 것이다. 교란을 특기로 하는 사혈련의 무사들이 그리 만들 것이다.

그리 되면 관철성 관언은 선택해야 할 것이다.

그동안 사혈련에 의해 얻은 호북의 영역을 다시 복구해야할 것인가. 아니면 사천으로 가서 암약하는 사혈련의 무리를 처리해야 할 것인가?

어느 쪽도 쉬이 선택하기에는 무리다.

게다가 사혈련의 공격은 여기서 끝이 아니다. 그들은 사천, 호북을 무림맹이 신경 쓰는 동안 제일 남단에 있는 점창의 세력을 깎아 먹을 것이다.

점창을 무시하는 것이냐고? 아니, 상황이 좋았다.

점창을 멸문을 시킬 생각도 없다. 무리를 할 필요는 없다. 오직 실리만을 챙길 생각인 사혈련주다.

정참의 명성을 깎고 그 세력을 위축시킬 것이다. 사혈련주가 그리는 큰 그림으로는 그 정도만 되어도 목적을 달성할 수 있었다.

'겸사겸사…… 독곡에 대해서 알아보면 또 좋겠지.'

련주가 중원을 상대로 움직이고 있었다. 평화의 때가 조금씩 비껴가고 있는 듯했다.

*　　　*　　　*

신호탄이 쏘아진다. 제갈세가의 실패를 알리는 신호탄이었다.

"역시…… 오는군요."

"제갈가에서 끝을 못 낼 줄은 예상했습니다만……."

이를 기다리고 있는 청성의 무인들이다. 제갈세가에서는 소수로 왕정을 처리하는 것을 결의하였건만 지금 있는 자들의 수는 꽤 많았다.

못해도 수백.

청성의 무인들을 제외한다손 치더라도 너무 많은 숫자다. 청성에서 동원할 수 있는 무인들을 전부 데려온 듯했다.

그것으로도 모자랐는지 청성의 화옹 진인은 점창의 하운

성까지 초빙한 듯했다. 둘은 자연스럽게 자리를 지키고 있었다.

왕정 하나를 상대로 수백이 모였으면서도 부끄러워하는 기색 하나 없는 화웅 진인이다. 그는 호언장담까지 했다.

"이 정도면 충분히 가능하겠지요. 분명 제갈세가를 상대하느라 부상을 입었을 겁니다."

"당가까지 손을 쓸 필요가 없을지도 모릅니다. 그리되면 당가에서 꽤 섭섭해할지도 모릅니다."

"허허. 공적을 잡는 데 섭섭해할 것까지야 있겠습니까?"

"그래도……."

하운성은 당가를 좀 걱정하는 듯했다. 화웅 진인 또한 평소 당가의 눈치를 보았으면서도 무슨 생각을 하는지 좀체 감이 잡히지 않았다.

'청성에서 적당히 왕정을 막으면 될 일이 아닌가?'

계속해서 하운성이 궁금해하자 화웅 진인은 그의 호기심을 풀어줄 듯했다.

"이렇게 무인들을 동원한 것은 그를 척살하기 위해서가 아닙니다."

"그렇다면?"

"빚을 지우자는 것이지요. 무려 삼백이 동원됐습니다. 이들 삼백으로 공적을 사로잡으면 당가가 어찌 나오겠습니까?"

"아아······."

왕정을 사로잡는다? 그러면 당가는 무슨 대가를 치르고서라도 왕정을 건네받기 위해 노력을 할 것이다.

제대로 된 복수를 가법으로 삼기까지 하는 당가가 아닌가. 다른 곳도 아닌 당가기에 분명히 그리 할 것이다.

화웅 진인은 그것을 노리고 있는 것이다.

'정치가라고 소문이 난 이유가 있었군.'

하운성은 그리 생각하며 앞을 주시했다. 그리고 그의 시선이 미친 곳에는 때를 기다리고 있었다는 듯 모습을 드러내는 왕정이 있었다.

모습을 드러낸 왕정은 어디 하나 다친 곳이 없어 보였다.

"허어······ 부상도 없지 않습니까?"

"대신에 혼자군요. 제갈가는 인질을 돌려받는 데 전력을 다한 것 같습니다. 하기야 딸이 걸렸으니 그럴 수도 있겠습니다. 허허."

그는 제갈세가에서는 제갈혜미를 돌려받느라 왕정에게 부상이 없다 생각한 듯했다.

오해이기는 하지만 그런 화웅 진인의 오해를 정정해 줄 사람은 이 자리 어디에도 없었다.

"아까와 다르게 꽤 많이 기다리네요?"

─희생을 하고서라도 널 잡고 싶다는 거겠지.

"흐음…… 청성에는 당가만큼의 원한이 있진 않았는데 다시 생각해 봐야 할지도요."

독존황과 대화를 하면서도 왕정은 멈춤 없이 앞으로 나아 갔다. 수백이 되는 인원이 자신을 막는데도 전혀 거리낌이 없어 보였다.

"악적! 악적이 왔다! 어서 막아라."

그동안 왕정에게 당한 자가 꽤 된다. 어지간하면 죽이지 는 않았지만 다들 몇 달씩은 정양해야 하는 독에 당했다.

때문인지 왕정을 바라보는 그들의 눈에는 핏발이 잔뜩 서 있었다.

"이제는 악적인가……."

─허허.

"가 보죠."

스으으으.

왕정의 주변으로 녹색의 기광이 어린다. 그가 최고조로 독을 끌어 올렸다는 신호다.

"청세무진(靑世武陣)을 펼쳐라!"

"오행진이다!"

"지원을 나온 자들은 각자 준비를 하라."

청성의 진법인 건가? 청성의 사람들을 빼도 꽤나 많은 이들이 준비를 하고 있는 듯했다. 낭인으로 보이는 이들도 꽤 됐다.

'처음은 역시 낭인.'

소모품으로 취급받고는 하는 자들이 낭인이다. 그들은 받은 대가가 꽤 큰지 도망갈 생각도 하지 않고 왕정에게 뛰어 왔다.

"우와아아아아아!"

검을 곧추세우고 다가오는 기세가 꽤나 용맹했다.

하지만 이제 알 때도 되지 않았는가?

스아아아악!

독을 사용하는 왕정에게는 숫자는 무의미했다. 제대로 된 무인이 나서야만 왕정을 저지할 수 있었다.

"크흐……."

왕정을 향해 기세등등하게 달려왔던 낭인 무리들이 전부 몸을 뒤틀며 바닥에 쓰러졌다. 그 수가 이십이다.

근 십분지 일에 가까운 수가 순식간에 사그라진 셈이다.

"다음."

왕정은 이미 예상을 했다는 듯 걸음을 멈추지 않고 그대로 앞으로 나아갔다.

'오행진? 기본적인 진이긴 하군…….'

다음은 중소문파의 사람들인 듯했다. 그들은 청성의 부

탁이라도 받고 이곳으로 왔을 것이다. 말이 부탁이지 강압이었을 거다.

같은 정파라 하더라도 구파일방이냐 중소문파냐에 따라서 그 격이 다르니까. 이런 식으로 동원되고는 하는 것이다.

'불쌍한 치들……'

원해서 온 자들이 아니다. 낭인들처럼 돈에 목숨을 건 것도 아니다. 그렇다면 적당히 해줘도 괜찮지 않겠는가?

왕정이 아래로 향해 있던 팔을 곧추 편다. 그의 손바닥에서 이내 독강기가 나온다. 독구가 아닌 단검의 모양이었다.

양손에 강기를 그대로 쥔 그가 춤을 추듯 움직이기 시작했다.

"으아아압!"

진에 발맞추어 공격을 해 오기 시작한다. 역시 같은 문파 출신이어서인지 그들은 제법 합이 잘 맞았다.

상, 중, 하.

어디 하나 빈틈이 없이 순식간에 공격을 해 왔다. 조금만 더 주저를 했더라면 뒤도 노리고 왔으리라.

'좋은 공격이다.'

하지만 이들에게 당하기에는 그동안 쌓아온 경지가 있지 않은가.

"크윽."

위를 공격해 오는 무인의 팔에 독이 스며든다. 강기로 된 단검은 여전히 같은 모양을 형성하고 있건만 어느샌가 독이 파고들어간 듯했다.

중간을 점하던 이에게는 강기를 그대로 던져버린다. 그것만으로도 충분했다.

풀썩.

그는 중독을 견디지 못했는지 그대로 쓰러져 버렸다.

남은 자들은 셋. 그들에게는 어느새 펼친 그의 장력이 그대로 쏟아져 나갔다. 충격음도, 소음도 없었다.

그들에게 왕정이 허락한 행동은 단 하나뿐이었다. 쓰러지는 것뿐.

"한번 제대로 놀아보자고."

그가 춤을 추기 시작한다. 독을 가진 사냥꾼의 춤사위였다.

때로는 빠르게, 또 때로는 느리게. 완급을 조절해가며 온갖 무공을 사용하는 그의 움직임은 유려한 하나의 선이었다.

여러 사정이 있는 자들은 쉼 없이 그에게 달려들었다. 배경이 있기에, 소속된 문파가 있기에 용기를 내어 왕정에게 부딪쳐 간다.

각자의 사정에 의한 투쟁이었다.

'언젠가는……'

그를 자신이 쓰러트릴 수 있을 것이라고는 생각하지 않는다.

'쓰러트릴 수 있지 않겠는가.'

자신이 아니라면, 자신의 동료가. 자신과 함께하고 있는 이들이 왕정을 쓰러트리지 않겠는가.

그의 힘을 고갈시킨다면…… 적어도 청성의 검이 그를 쓰러트려 주지 않겠는가. 이들은 그것만을 믿고 왕정에게 쏟아져 나갔다.

* * *

"허허……."

왕정이 춤사위를 벌인 지는 일각이 조금 넘었을 뿐이다. 그런데 눈앞의 광경은 무엇인가.

"크으으……."

"큭……."

겉으로 보이는 부상자는 없다. 쉼 없이 꿈틀대는 자들을 보아하니 죽은 자들도 거의 없었다. 사상자가 없다는 것은 사정을 두었다는 소리다.

그런데 동원한 무인들 전부가 쓰러져 버렸다. 남은 자라고는 청성의 무인 몇과 화옹 진인, 하운성뿐이다.

화옹 진인은 아예 질려버린 눈빛이다.

'말도 안 되는……'

그를 사로잡을 생각만 했지, 질 것이라고는 생각지도 못한 그다. 순식간에 그를 제압할 꿈에 부풀었던 그로서는 작금의 상황이 당황스러웠다.

무인이라기보다는 무인을 익힌 정치가에 가까운 그다. 그렇기에 상대를 제대로 가늠하지 못한 것이다.

청성에 있으면서 그 지휘를 이용하여 사람을 부리기만 할뿐, 사혈련과의 전장에서도 제대로 뛰어본 바가 없는 그다웠다.

'계산이 틀렸다……'

어찌해야 하는가? 수가 없지 않은가? 자신이라고 해서 이길 것 같지는 않았다.

옆에서 바라본 청성의 제자라고 하더라도 이기지 못할 듯했다. 그들이 검을 빼어 들고 자신을 지키려 하는 것은 대견하나, 딱 그 정도뿐이다.

그들이 무너트릴 수 있었더라면 왕정은 진즉에 무너졌을 것이다.

주변을 지켜보던 진인의 시선이 하운성의 앞에서 멈추었다. 그라면? 속가제자이면서도 점창의 신임을 받는 그라면 괜찮지 않을까?

"제가 나가보지요."

다행히 하운성은 그의 기대를 저버리지 않았다.

"하운성이라고 하네. 부족하지만 점창에서는 분광검(分光劍)이라 불리네."

사일검법(射日劍法)과 함께 절정의 검법이라고 불리는 분광검법(分光劍法)을 정통으로 익힌 자만이 가질 수 있는 호칭이다.

구파일방의 무공을 자신의 별호로 부여받을 정도라면 그의 무공은 진짜배기이리라.

그가 호승심에 가득 찬 눈으로 왕정의 앞을 막았다.

─지독한 쾌검의 고수겠구나.

"왕정이라고 합니다. 별호는…… 무림공적쯤 될까요? 하하."

"한 수 부탁하네."

서로가 인정한 채로 둘의 대결이 성사되었다.

*　　　*　　　*

카득.

"크으……."

신호도, 낌새도 없었다. 비무가 아닌 목숨을 건 혈전이 될 것을 예상한 것인지 하운성은 바로 대결을 시작했다.

'하지만 이렇게 당할 줄은…….'

순식간에 거리를 접고서 검을 날릴 줄이야. 어찌 된 방법을 사용한 것인지 검의 궤적이 보이지도 않았다.

감으로 물러나지 않았더라면 다치는 쪽은 검을 막으려 했던 팔이 아니라 목이었을 거다. 혈선이 그어져 그대로 죽었겠지.

"피할 줄은 몰랐네."

하운성도 왕정이 자신의 검을 피할 것은 예상치 못한 듯했다. 검을 빼어드는 그 순간부터 일격이 시작되는 분광검법의 쾌검을 왕정이 피한 것이다.

그도 아직 분광검법을 대성한 것은 아니기에 바로 공격을 잇지는 못한 듯했다. 하지만 검이 이미 빼어져 있으니 다음 초식을 펼치는 데는 무리가 없을 게다.

'재밌군.'

다시 한 수를 펼쳐 볼까? 그는 오랜만에 그의 검을 피하는 자를 만났다는 기쁨에 얼굴을 상기시키며 왕정에게 검을 휘두르기 시작했다.

'미친…….'

그의 검이 한번 휘둘러질 때마다, 보이지도 않는 궤적이 그려질 때마다 혈선이 늘어나고만 있는 왕정이다.

이대로라면 자신이라고 하더라도 당할 수밖에 없는 듯했다. 독강기를 날릴 시간도 없었다.

'그렇다고 수가 없는 건 아니지.'

강기만이 독공의 전부이랴. 이가 안 되면 잇몸으로라도 나서서 움직여야 하는 것이다. 왕정은 뒤로 도망을 가는 와중에도 쉼 없이 주변에 독을 흩뿌렸다.

독지를 만들어 자신의 영역을 만들어왔듯, 독을 뿌려 자신의 영역을 만들어 내는 것이다. 상처가 벌어지면 흩뿌려지는 그의 피 또한 그의 영역을 강화시켜 줄 것이다.

전투를 벌이면서 만드는 그만의 함정이다.

"하아아압!"

되었다 여긴 왕정이 주변에 흩뿌려진 독을 이용하여 하운성을 압박하기 시작한다.

"재미있는 수!"

아무리 강한 고수라 하더라도 독을 완전히 무시할 수는 없는 터. 그는 왕정이 통제하는 독을 피하고, 검강으로 숫제 녹이며 왕정을 쫓아 왔다.

"미친!"

자신의 독에 이런 식으로 저항을 해 낼 줄이야. 검기 정도로만 막아내는 것은 봤어도 아예 검강으로 독 자체를 녹이는 건 또 처음이다.

독이 사그라드는 정도가 아니라 처음부터 없었다는 듯 사라지지 않는가.

그래도 계속해서 밀리기만 할 리는 없는 그였다.

"우와아아악!"

하운성이 독을 막기 위해서 검강을 형성하는 그 잠시의 틈이 왕정에게는 호재로 다가왔다.

그의 허점! 아주 잠시 생긴 틈을 뚫기 위하여 뒤로 후퇴만 하던 왕정이 처음으로 전진을 하였다.

육체에 몇 번이고 혈선이 그어지며 부상을 입었건만 왕정의 기세는 사그라질 줄을 몰랐다.

"오게!"

하운성 또한 왕정의 투지를 읽었기에 자신을 노리고 오는 왕정을 피하지 않고 마주했다. 힘과 힘, 격과 격으로 승부를 하고자 하는 것이다.

공적이 아니더라도, 굳이 점창의 무인이 아니더라도 상관없었다.

둘의 대결은 누가 보아도 절정의 벽을 깬 자들의 격이 있는 대결이었다.

"죽어라!"

하지만 그런 둘의 대결을 샘이라도 낸 것일까? 아니면 정파인답지 못하게 행동하는 것에 부끄러움조차도 없는 것일까.

"잘했다!"

기회를 잡았다는 듯 왕정의 뒤를 노리는 청성의 무인이 하나 있었다. 화웅 진인이 시킨 것이지만 그 또한 부끄러움은 없는 듯했다.

공적이 되었다고 하더라도 구파일방의 무인이 자신의 뒤를 노릴 것이라고는 생각하지 못한 왕정이다.

제대로 허를 찔린 터.

이대로라면 하운성의 검이 아닌 청성의 검에 왕정이 그대로 꿰뚫릴지도 모를 상황이었다. 절체절명의 순간.

─안 돼에!

"안 돼에!"

언제나 왕정과 함께하는 독존황의 음성과 왕정의 음성이 하나가 되었다. 하나뿐인 가족을 잃을 수 없다는 그의 의지가 무언가를 만들어 낸 것이다.

第十一章

신의 한 수

신의 한수가 있다면 바로 지금의 수일까?

왕정의 경지에서는 보일 수 없는 수였다. 그의 경지에서는 하운성과 마주하여 대결하는 것이 최선이었다.

그런데 지금의 모습은 뭔가?

양손을 녹광으로 물들인 채로, 공간 그 자체를 중독시켜 버리는 듯한 한 수를 왕정이 보여주고 있었다.

양손과 같이 그의 눈 또한 진한 녹광으로 일렁이고 있었다. 연독기공을 십성 이상의 경지로 끌어 올렸을 때나 보일 수 있는 무위다.

"끄아아아악!"

그 무위가 왕정을 노리던 청성의 무인을 그대로 녹였다. 잔혹한 한 수였으나, 또한 무인으로서는 꿈에 마지않는 한 수이기도 했다.

분광검법으로 왕정과 대결을 벌이던 하운성조차도 감탄을 할 정도의 수!

잠시의 감탄 뒤, 자신이 대결을 벌이고 있음에도 청성에서 뒤를 노린 것을 깨달은 하운성은 씁쓸한 한숨을 내쉬었다.

"……오늘 대결은 더 할 필요가 없을 듯하군."

"……."

하운성의 말에도 왕정은 침묵을 하고 있을 뿐이었다.

'이게 대체 무슨 일이지…….'

생각지도 못한 현상이 일어났었기에, 하운성과 그 주변을 신경 쓰지도 못한 것이다. 방금 자신의 손으로 펼친 한 수는 자신이 할 수 있는 것이 아니었다.

지금 당장에 흉내를 내려고 해도 할 수 없는, 그런 지고한 공격이었다.

"……."

약간은 혼란에 찬 채로 왕정은 그대로 물러났다.

하운성 또한 청성의 행위에는 이미 질린 것인지 왕정의 뒤를 추격한다거나 하지 않았다. 그 나름은 정파인으로서의 자존심이 아직 남아 있는 것이다.

"어, 어서 추격을!"

청성의 화옹 진인이 그런 왕정을 추격하라 말한다. 하지만 그들의 앞을 가로막는 이는 다른 이도 아닌 점창의 하운성이었다.

"그만하면 되지 않겠소이까. 잠시 숨는다고 하더라도…… 어차피 당가를 지나가야 할 겁니다."

추격을 하지 말자는 단호한 태도였다.

화옹 진인이 자신을 믿지 않고 왕정의 뒤를 노릴 것이라고는 생각하지 못했던 하운성으로서는 잔뜩 화가 난 듯했다.

그 기세를 읽은 것인가? 더 이상 하게 되면 안 된 것이라 여긴 것일까.

"알겠네……. 내 오늘은 그만하지."

화옹 진인이 한 걸음 물러선다. 왕정의 두 번째 시험은, 단 한 명의 승자도 없는 채로 끝이 났다.

'그 한 수…….'

하운성에게는 다른 무엇도 아닌 지고의 한 수가 뇌리에 꽂힌 채였다.

*   *   *

도망치듯 청성의 함정을 피해 나온 왕정이다.

제갈가의 사람들에게 폐를 끼칠 수도, 그렇다고 청성이 있는 곳에 있을 수도 없기에 자연 앞으로 갔다.

이대로 조금만 더 가게 되면 당가의 함정이 있을 것을 제갈운으로부터 이미 언질을 받은 그다.

아슬아슬하게 당가의 함정에 도달하기 이전에 멈춰 섰다.

그러고는 토행공을 이용해서 이윽고 땅을 팠다.

잠시지만 피난처를 만든 것이다. 적들도 함정을 믿고 있기에 왕정이 이곳에 숨을 거라고는 생각지 못할 것이다.

청성을 상대로 순식간에 일전을 끝냈으니 시간도 충분했다.

'이 정도면 되겠군.'

전장이지만 잠시 여유가 있으니 쉴 때다. 아니, 지금까지 무슨 일이 벌어졌는지를 파악해야 할 때다.

"대체 그게 무슨 일이죠?"

─모르겠다.

"으음……."

─네가 위험한 것을 깨달았다. 네가 죽는 모습을 떠올렸고, 안 된다 여겼다. 절대로.

하나뿐인 가족이 된 둘이다.

그가 독존황이 사라지는 것을 생각하기도 싫듯, 독존황 또한 왕정이 죽는 것을 원치 않는 것은 당연했다.

"저라도 당연히 그런 상황이면 어떻게든 하려 했겠지요."

—그래. 맞다. 어떻게든 하려고 했다. 이 온몸의 힘을 다해서…… 아니 온 의지를 다해서가 맞겠구나.

왕정의 위기가 독존황의 의지를 불러일으킨 것인가? 그럼 독존황이 의지만 가지면 왕정을 조종하는 것이 가능할까?

그가 묻기도 전에 독존황이 답했다.

—평소에는 그런 게 불가능하다. 그게 평소에 되었다면 네 할애비가 되기 이전에 몸을 지배했을 게다.

"헤에…… 예전 같았으면 했을 거란 말이네요?"

—물론이다. 그때의 너는 이 할애비의 말을 죽어라 안 듣지 않았느냐. 무공도 겨우겨우 익혔지.

하기야 매일같이 독존황이 구절을 외웠던 때가 있었다. 연독기공의 구절이 외우고 싶지 않아도 외워질 만큼 시달렸었다.

몇 년도 되지 않은 일이지만 아주 오래전에 있었던 것 같은 일이다.

"뭐 그때야…… 무공을 익혀서 뭐 좋을 게 있을까 생각했으니까요. 흐음…… 그럼 중요한 건 위기일 때는 된 게 지금은 안 된다는 거지요?"

—그래. 지금이라도 내가 네 몸을 조종할 수 있다면……
이 천라지망쯤이야 금세 뚫겠지.

"아아…… 확실히요."

전이라면 허풍이라고 놀렸을지도 모른다. 하지만 왕정은
이미 독존황이 펼친 한 수를 보았다.

그가 펼친 한 수는 자신으로서는 흉내도 내지 못할 그 어
떤 경지의 표현이었다.

분광검이라 불리는 하운성의 검도, 뒤를 노리던 청성의
검도 닿지 못할 그 어떤 힘이며 의지였다.

'그 힘이라면 충분히 이곳을 뚫고도 남겠지…….'

혼자의 힘으로 당가 정도는 멸문시키고도 남을지도 모른
다. 독존황이 보여준 한 수는 그 정도는 되었다.

자신의 할아버지는 괜히 독존황이라는 이름을 가진 것이
아닌 것이다. 그는 이름에 걸맞은 힘을 분명 가지고 있었다.

"그런데 왜 안 되는 걸까요?"

—모르겠다. 네가 위험하거나…… 내 의지가 강해져야
가능할 일 같구나.

"으음…… 정말로 의지 문제일까요. 솔직히 처음 저한테
빙의하셨을 때는 나름 많이 노력하셨을 거 아니에요?"

—솔직히 움직여 보려 노력했다. 하지만 안 됐다고 하지

않았느냐.

처음의 독존황이라면 충분히 할 만한 일이다. 거리낌이
느껴질 수도 있지만 이제 와서 뭐라 할 수는 없는지라 왕정
은 흘러 넘겼다.

"흐음…… 하기는 귀신에 씌면 귀신 마음대로 조종당한
다고는 들었죠. 그러지 않아서 이상하긴 했어요."

—허허……이제는 할아버지를 귀신 취급이더냐.

"귀신은 귀신이잖아요. 그 이유는 모르지만요. 으음……
아무리 생각해도 당장 결론내릴 만한 일은 아니네요."

—그러하다. 당장에 알 일이었다면 예전부터 네 몸을 조
종하지 않았겠느냐.

"쳇…… 알았다고요."

자신의 몸을 자유자재로 조종하는 할아버지라니. 왠지 끔
찍하지 않은가.

아니, 몸을 조종할 수 있었더라면 할아버지가 되기 이전
에서부터 자신의 몸으로 무공을 닦았을 게 분명하다. 무슨
한이 있는지 독존황의 무에 관한 집착은 꽤 심했으니 뻔히
예상되는 일이다.

'분명 경지도 보통이 아니긴 했는데…….'

왜 그리 무공에 집착을 했는지를 모르겠다. 왕정 자신이
보기에는 거의 무공의 끄트머리에 있는 것이 아니던가.

'무공에 관해서는 욕심이 보통이 아니셨던 게지……'

라고 밖에 결론을 내릴 수밖에 없었다. 그 이상을 생각하기에는 여유도 없으며, 문제가 너무 복잡했다. 우선은 그런 생각을 깊이 하기보다는 먼저 선행해야 할 일이 있었다.

"우선은 이 천라지망부터 뚫고 여유가 생기면 생각해 보자구요."

—그러자꾸나.

일단은 몸에 관련된 모든 문제는 보류다. 그런 것을 생각하기에는 앞에 놓인 문제가 많았다.

'할아버지…… 후후.'

독존황에게 몸이 움직인 것은 불안한 문제가 생긴 것이건만, 그래도 가슴 한켠에는 따뜻함을 느끼고 있는 왕정이었다.

평소에는 몸을 움직이지도 못한 할아버지가, 자신을 위해서 의지를 발한 것이니 말이다. 온연히 자신만을 위해서인 것이니 마음만 놓고 생각을 하면 그가 기분 나쁠 것이 뭐 있으랴.

천라지망에 갇힌 와중에서도 독존황의 마음을 생각하면 왠지 좋을 수밖에 없었다.

"후아…… 이제 슬슬 마무리를 하러 가 볼까요?"

일단은 정리를 한 왕정이 몸을 툭툭 털면서 일으켰다.

—부상은 괜찮은 게냐?

"아무렴요. 처음 전투를 벌일 때는 이 정도는 기본이었잖아요? 아칠 소협이 준 특제 금창약도 발랐으니 괜찮다고요."

—허허. 끝을 내보러 가자꾸나.

이제 남은 당가만 건너면 되었다. 그 뒤는 잠시지만 자유를 얻을 수 있으리라.

*　　*　　*

퍼어어어엉!

뒤늦게서야 터지는 신호탄이다. 왕정이 숨을 고르고, 금창약까지 바를 시간을 가졌음에도 이제야 터지다니.

놀란 화웅 진인이 신호탄 터트리는 것을 잊었거나, 점창의 하운성이 늦춘 것이 분명했다.

'빚을 진 건가? 음…….'

그와 붙기 이전에는 점창에 대한 이미지가 좋지 못했다. 허나 지금에 와선 약간이지만 호감이 어릴 정도다.

한 번의 대결이었지만 하운성이 깔끔함을 보여줬기에 가능한 것이리라. 검과 독으로 대화를 나눈 듯한 기분이다.

'이런 게 무림인들이 느끼는 기분인가. 뭐…… 나쁘지는

않을지도…….'

조금씩이지만 무림인처럼 녹아들어 가는 그였다.

"왔구나! 가장 치욕스러운 제삿날이 될 것이다."

그의 앞에는 청성의 시험과 같이 자신을 기다리고 있는 당가가 있었다. 그들은 나름의 준비를 한 것인지 가장 기세 등등했다.

허나 왕정의 입장에서는.

'제일 쉽게 느껴지는 것들이 난리군…….'

제갈세가의 진법은 연독기공의 효용을 느끼기 이전에는 어려움을 느꼈다. 그만큼 진은 상대하기 어려웠다.

청성은? 독존황이 없었더라면 지는 쪽은 자신이었을 것이다. 처음 죽을 뻔한 위기였다.

허나 당가의 경우에는 이야기가 달랐다.

연독기공의 묘용을 안 데다가, 독이라는 것 자체가 연독기공에게 흡수당할 운명에 있는 것이나 다름없었다.

그런 연독기공을 익힌 왕정 앞에서 독을 장기로 하는 당가쯤이야, 상대적으로 쉬울 수밖에 없었다.

"오시지요."

"허어…… 오라? 그래. 내 네놈을 갈기갈기 찢기 위해서라도 가마."

"수공이라도 익혔나 보오?"

계속해서 조롱조인 왕정이다. 그의 말에 화가 난 것인지 당가의 무사들은 저마다 시퍼런 독이 묻은 암기를 들고 다가왔다.

왕정 또한 가만있을 수는 없었기에 독구를 만들어 자신의 주변에 띄웠다.

많은 당가의 무인들을 죽인 독구가 모습을 드러내자 당가의 무사들도 잠시 움찔할 수밖에 없었다.

"오지? 아니면 내가 갈까?"

움찔하는 틈을 놓치지 않고 당가의 무사들에게로 쏘아져 나가는 왕정이다.

독은 몰라도 암기는 그에게도 위협적이니 거리를 좁히려는 것이다. 그의 생각을 읽은 것일까?

슈우우욱! 슉!

당가의 무사들이 저마다 쏘아내는 암기가 그를 향해서 다가온다. 독은 무섭지 않아도 그 흉흉한 기세는 진짜배기였다.

'하나, 둘…… 아니 숫자는 포기다.'

쏘아진 암기의 수를 세는 것은 의미가 없었다. 지금 이 순간에는 암기를 막는 것에 의미가 있는 터.

왕정은 미리 펼쳐 놓았던 독구를 길게 늘이었다. 구가 아닌 얇은 작은 면을 형성하게 만든 것이다.

'독은 때로…… 철도 녹이곤 하지.'

철을 부식시키는 독은 생각 이상으로 많다. 뱀독 중에도 있고, 저 멀리 있는 철을 먹고 자란다는 혈금서(血金鼠) 중에서도 있을 정도다.

하오문에서도 몰래 문을 뚫기 위해서 철을 녹이는 물건을 가지고 있을 정도인데, 왕정이 그를 못할 리가 없었다.

치이이이익!

그의 강기에 닿는 암기들은 그대로 녹기 시작했다. 그의 손이 닿지 않는 하체조차도, 면으로 변한 독구가 보호를 해 줄 정도다.

"미친……."

암기 다음으로 독을 사용하는 것을 특기로 하는 당가의 사람들조차도 놀랄 기예였다.

검강으로 철을 잘라 버리는 기예야 몇 번을 볼 수 있다지만, 숫제 녹여버리는 건 왕정이나 가능한 일이다.

아니면 저 멀리 세외의 태양신궁이 해내거나!

상대가 기예를 보인다고 해서 물러설 수는 없지 않은가.

"계속해! 언젠가 뚫을 수 있을 것이다."

당가의 무사들은 거리가 더 좁혀지기 전에 왕정의 힘을 잔뜩 빼 놓으려는 듯 암기를 계속 날리기 시작했다.

허나 왕정은 여기서 더 나아갔으니. 생각지도 못한 독존황의 도움이 있었다.

　—어찌 된 것이 전보다 더 일체화가 된 듯한 느낌이구나.
기가 돌기 시작하니 느껴진다. 허허.

　"뭔가 변화라도 시작 된 걸까요?"

　—모르지. 허나 이건 가능했구나. 뒤다!

　이번 일이 있기 전부터 기감을 공유하던 독존황이다. 청
성과의 일 이후에는 그것이 더욱 강화된 듯했다.

　왕정의 기감을 그가 다루기라도 하는 듯한 느낌이었다.

　"하압!"

　치이익.

　"젠장!"

　암수를 사용하듯 왕정의 뒤를 노렸던 당가의 무사가 안
타까움을 표한다. 지금 상황에서 막을 줄은 몰랐다는 눈치
다.

　스으.

　"큭."

　왕정은 그 무사에게 독기를 쏘아주었다.

　역으로 상대의 틈을 노린 암습이다. 상대는 암습에는 일
가견이 있어도, 독에는 아니었는지 금세 목을 쥐어 잡고 쓰
러졌다.

　자비를 베푼 적은 없으니 죽을 것이다.

독존황의 도움을 받으면서 막힘없이 전진을 하길 한참, 어느새 당가의 무인들과 마주하고 있는 왕정이다.

"악적!"

독기를 품은 눈으로 당가의 무사들이 저마다 암기를 다시 꼬나 쥐고 달려든다. 암기를 주 무기로 이용하여 공격할 생각이다.

전장에는 무기와 무기가 부딪치는 청아한 소리가 나기는 커녕 암기가 녹아드는 소리만 계속해서 날 뿐이었다.

스윽.

어느샌가 두 개의 독구를 단검의 모습으로 바꾼 그는, 당가의 무사들을 향해서 쉼 없이 손을 놀리기 시작했다.

치이이익.

독단검에 암기가 닿으면 암기가 통째로 녹았다. 암기를 쥐고 있던 손은?

"아악."

그 또한 녹아버렸다. 철이 녹는데 사람의 피륙 따위가 버틸 수 있을 리가 없지 않은가.

얼마나 당가의 무사들과 드잡이질을 했을까?

"비켜라!"

당가의 무사들 사이에서 쩌렁쩌렁한 목소리가 들려왔다. 한눈에 봐도 내공이 보통이 아닌 자였다.

모습을 드러낸 이는 당기선 장로를 대신하여 온 장로였다.

정치 놀음을 즐겨하던 당기선과는 다르게 무공 하나 만으로 올라선 자였다. 그만한 기세를 가진 자기도 했다.

"비렁뱅이들 중에서도 무사가 있긴 했구나?"

"그 입 닥치거라. 네놈의 발악도 여기까지일 것이니. 모두 물러나거라."

당가의 무사들은 장로의 말을 무시할 수는 없었는지, 원한 어린 눈초리를 보내며 뒤로 물러났다.

자신들의 손으로 왕정을 살(殺)하고 싶었으나, 죽이지 못한 것에 한이 맺힌 듯했다.

─흠…… 예나 지금이나 당가하고는 편히 지내기는 힘들구나.

[마치 전에도 이러셨던 것처럼 말씀하시네요.]

─허허. 그렇더냐…….

분명 독존황은 전에도 무림에서 무언가를 했을 것이다. 왕정은 하지 못할 큰 궤적을 남겼을 것이 분명했다.

'언제고 과거에 대해 알아보아야 하려나.'

그가 전음을 보내고 있으려니 장로가 마음에 들지 않는 것인지 일갈했다.

"시답잖은 짓이라도 하고 있는 것이냐?"

"대화 좀 했을 뿐이오."

그가 보기엔 대화할 자가 어디에도 없었다.

"미친놈. 하기는 미친놈이니 그리 날뛰었겠지. 이것이나 받아 보거라!"

이번에도 신호도 없었다. 정파의 무인이라는 것들이 하나같이 틈을 노리는 꼴이란 우스울 따름이다.

허나 그가 품에서 꺼내어 던지는 그 무언가는 진짜 베기였다.

―당가십독!

당가십독. 당가에서 알아주는 열 가지의 독들 중 하나다. 육백비독과 같이 하나하나가 당가의 일절로 알아주는 것이다.

과연 이번에는 그 어떤 독을 가져왔기에 이리도 당당한 것일까?

당가의 장로조차도 잠시 물러난 것을 보면 분명 보통의 독을 가져 온 것은 아니었다.

'창운지독(倉殞至毒)을 네가 버틸 소냐.'

창운지독. 당가의 십독 중에 하나인 이 독은 무색, 무취, 무미의 독이다.

오직 당가의 비전으로만 만들 수 있는 이 독이 당가의 숨은 비밀에서 태어난 것이라는 것을 누가 알까?

어미와 자식을 죽이고서야 만들 수 있는 것이 이 독이다!

자식을 잃은 한을 가진 어미를 자식과 한데 섞어 만든 한이 서린 시독에 당가의 비전을 섞은 것이다.

처음에는 자식을 잃은 어미의 시독을 연구하다 우연히 만든 것이 창운지독이다. 우연스레 얻은 당가십독인 셈이다.

허나, 지금에 이르러서는……

억지로 어미의 앞에서 자식을 죽이고 그 한을 이용하여 만드는 천륜을 어긴 독이 창운지독이다.

만들어져서는 안 될 독이 모습을 드러낸 것이다.

─허허. 하지 않기로 한 짓을 또 한 것이더냐…….

"……."

창운 지독은 일단 퍼지기 시작하면 주변을 초토화시킨다. 그러니 당가의 무인들도 뒤로 물러난 것이다.

그들도 독이 퍼지면 독이 사라지기 전까지는 달리 수가 없다. 왕정을 지켜볼 수밖에 없는 터.

왕정은 왕정대로 몸에 독이 침투하기 시작하니 독존황의 말에도 아무것도 물을 수가 없었다.

'지독하군…….'

모든 걸 녹이려 든다. 모든 걸 태우고 사라지기라도 하려는 듯 독은 끊임없이 왕정을 녹이려 들었다.

독구로 암기를 녹이는 것보다 더 우위에 있는 느낌이다.

확실히 당가의 비전이자, 마지막 무기인 당가십독이라고 할 만하다. 당가가 괴물의 독을 가져왔다.

창운지독은 왕정의 진기조차도 녹이려는 듯했다. 끊임없이 녹이고, 또 녹이려 움직이는 독!

'어림없다.'

허나 왕정이라고 해서 이런 독을 처음 겪은 것이겠는가?

이미 이무기의 독으로 이와 비슷한 독을 겪어본 왕정이다. 절정의 벽을 깨기 이전이라면 모를까 벽을 깨고, 절세의 독공인 연독기공까지 익힌 그를 감히 막을 수가 없었다!

독에 관해서 만큼은 이미 자신만의 길을 그려가고 있는 그인 것이다.

허나 창운지독을 자신의 것으로 할 수 있다고 해서, 고통까지 사라지는 것은 아니다. 언제나 그러하듯 독과의 싸움은 지독하다.

"으아아아아!"

고통스러워 보이는 비명이다.

상황을 지켜보는 당가의 무인들은 왕정의 비명에 자신들의 승리를 점치고 있을 정도다.

개중에는 손을 쥐고 부르르 떨 정도다!

'이 정도쯤! 이 정도쯤은!'

이미 여러 번 겪었다.

여기서 무너지기에는 너무 아쉽지 않은가? 당가에게 복수를 하지도 못했는데 물러날 이유가 어디 있겠는가!?

그들에게 당하고만 살기에는 그동안 쌓은 한이 너무 컸다.

고오오오오오!

그의 장포가 바람을 맞은 깃이라도 되는 듯 크게 흔들리기 시작한다.

"무, 무슨……."

당가의 장로가 가장 먼저 이상함을 깨달았다.

아까부터 이상하기는 했다. 진즉에 왕정이 입은 옷부터 녹았어야 했는데, 옷조차도 녹지 않았었다.

허나, 왕정 또한 독공을 익힌 것이기에 잠시 저항을 하는 것이라 생각했다.

그동안 당가에 꽤 애를 먹인 상대답게, 버티고서 있는 거라 생각했다. 그것이 왕정의 마지막 자존심이라 생각했다.

근데 아니었다!

놈은.

"후우……."

일을 마쳤다는 듯이 한숨을 내쉬는 놈은, 창운지독을 극복해냈다.

第十二章

고진감래(苦盡甘來)

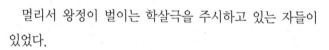

　멀리서 왕정이 벌이는 학살극을 주시하고 있는 자들이
있었다.

　"막아아아!"

　저 멀리서 들어도 당가의 비명이 크게 울려 퍼지건만, 표
정 하나 바뀌지 않은 채로 하나같이 각자의 미를 뽐내는 자
들이었다.

　여인은 여인대로, 사내는 사내대로 자신만의 묘한 매력
을 가지고 있는 이들이다.

　정우, 이화, 철아영.

　오랜 시간 무림맹의 행사에도 모습을 드러내지 않던 이

들이 천라지망이 펼쳐져 있는 중경의 어귀에서 모습을 드러냈다.

가만 상황을 지켜보던 철아영이 말했다. 셋 중에서는 가장 분석을 잘하는 여인이다.

"녀석…… 괴물이 되어 버렸잖아? 아무리 봐도 당가십독을 사용했는데……."

철아영의 말대로다.

왕정은 당가십독을 견뎌냈다. 그러고는 흡수까지 해버렸다. 그 독을 이용해서 당가의 무인들을 학살하고 있었다.

당가의 비전이자, 당가의 자랑인 당가십독으로 당가의 무인들을 학살하다니!

괴사라면 괴사가 아니던가. 왕정은 그런 일을 해내고 있는 것이었다.

"미쳤군."

정우 또한 한마디를 내뱉는다. 자신과 실력 차이가 그리 크지 않다 여겼던 왕정이다.

열심히 검을 갈고 닦다 보면 언젠가는 그의 실력을 뛰어넘을 수 있을 거라 생각하던 때도 있었다.

그런데 눈앞에 벌어지는 광경은 무엇인가? 말도 안 되는 일을 벌이고 있었다.

"제갈세가 때는 위태위태했어. 분명히……."

"이겨냈다."

이화의 말대로다.

왕정은 제갈세가의 진도 이겨냈다. 그를 도와주기 위해서 대기를 하고 있던 셋의 기운이 쭉 빠질 만큼 잘해냈다.

청성과의 싸움에서는?

"신의 한 수."

자신들로서는 흉내도 못할 어떤 한 수를 보여줬다. 말도 안 되는 경지에 이르는 한 수이자, 흉내도 내지 못할 몸짓이었다.

"인정하기는 싫지만…… 맞아."

"구명절초라고하기엔…… 뭔가 꺼림칙한 것이었지."

"말도 안 되는 한 수."

다시 생각해도 청성과의 싸움에서 위기를 견뎌내던 한 수는 사기나 다름없다.

그 고고한 손짓.

길게 이어지면서도 끊임이 없는 선.

모두를 압도하던 분위기는 절대의 고수만이 가질 수 있는 무언가였다.

그런데 지금은 또 뭔가? 청성과의 싸움에서는 압도적인 무언가를 보여줬다면, 지금은 아주 당가를 찢어발기고 있었다.

"독공으로는 절대 놈을 상대할 수가 없겠군."

"헤에…… 독곡의 독인 정도라면 상대가 가능할지도?"

"독곡은 잠잠하잖아? 어떤 이유에서인지는 몰라도 말이지."

정우의 말대로 꽤 오래 잠잠한 독곡이다. 독곡에도 무언가 사정이 있는 걸 거다.

"그래도 당가의 가주가 오면 또 이야기가 다를지 몰라. 처음부터 그가 나섰어야 할지도 모르지."

"허나 아무리 공적이라 해도 장문인이 나서기는 어려웠을 거다."

"체면이란 것이 있으니까. 항상 우리 정파는 그게 문제라니까…… 체면, 명성, 예의. 제대로 지키지도 않으면서 말이지."

"정말 제대로 지켜왔다면 무림맹을 나서지도 않았다."

그들은 무림맹을 빠져나왔다. 정파라 자처하면서도 정파답지 못한 무림맹에 지쳐 도망치듯 나온 것이다.

덕분에 적을 둘 곳도 없어 반쯤은 떠돌이나 마찬가지가 되었다. 하지만 마음만은 어느 때보다 편안한 그들이다.

"그나저나 끝이군……."

독을 흡수하고 일각이 채 지나지 않았다. 왕정은 비명을 지르던 것조차도 잊은 건지 독을 흡수하고부터는 오히려

펄펄 날뛰었다.

당가가 자랑하던 암기도, 다른 그 어떤 독도 그에게는 먹히지를 않았다.

"당가에 천적이 있다면 저 녀석이겠군. 어느새부터인가 훨훨 날아다니는군."

왕정은 계속 강해지고 있었다. 지금 와서 보면 그의 성장 속도는 괴이할 정도다.

"헤에…… 질투라도 하는 거야?"

"그래."

순순히 인정하는 정우다. 좀체 왕정을 인정하지 않던 그치고는 빠른 인정이다.

"심경의 변화라도 있는 거야? 절대 인정 안 할 것 같았는데."

"할 건 해야지. 놈은 괴물이 맞다. 확실히 괴물이야."

괴물이라 말하면서도 정우의 얼굴은 편안해 보였다. 무언가 마음의 짐을 내려놓은 듯 무림맹을 나오고부터는 항상 저 상태다.

앞만을 바라보던 정우가 아영을 직시하며 말했다.

"무림맹에서 나오고 나서 가장 크게 느낀 게 뭔지 알아?"

"뭔데?"

"홀가분하다는 거야. 내가 이 자유를 왜 깨닫지 못했을까 싶을 정도랄까."

"……비슷하네."

이화도 말은 하지 않았지만 같은 기분을 느꼈다.

뭣 하러 정파에 적을 두고 있었는지, 목숨을 잃을지도 모를 고생을 해가면서 무림맹에 매달렸는지 모를 정도였다.

"그리고 다음으로 느낀 건…… 시선이 달라졌단 거겠지. 자유를 얻으니 더 시야가 넓어지더라고."

"그래서 왕정의 실력도 인정할 수 있다는 거야?"

"응. 나 또한 이 자유를 통해 성장할 수 있다는 것을 알고 있으니까."

"으엑. 조금 느끼한 말이라고?"

"아무렴 어때. 솔직한 말이야. 너도 그리 느끼지 않아?"

정우가 진지하게 물어보자, 장난스럽게 대꾸를 하던 아영도 진지하게 말을 할 수밖에 없었다.

"……맞아."

"그래. 그거만으로도 우리는 잘 나온 거라고. 그 지겨운 곳에서 말이지."

"흐으응…… 그래서 어떻게 할 건데?"

앞으로 과연 무얼 해야 할 것인가? 어디에 적을 두고 움직여야 할 것인가?

철이 들면서부터 무림맹에 속해서 살아왔던 그들로서는 가장 큰 물음이기도 했다.

"처음에는…… 저 녀석을 도와줄까 생각했거든."

"나도 그렇게 생각했지. 그런데 딱 봐도 도와 줄 필요가 없게 됐잖아?"

"혼자서 뚫어버릴 줄은 나도 몰랐지."

"그럼…… 그 다음은?"

"같이 성장을 하려고 했는데…… 그럴 필요가 없겠어. 녀석은 녀석대로 우리는 우리대로 나아가 보자고."

"경쟁인 거야? 후훗."

"아니. 괴물이 괴물만의 방식대로 살아간다면…… 우리는 우리의 방식을 찾아봐야 하지 않겠어?"

길을 개척한다는 소리다.

정우는 크게 성장하고 있는 왕정에게서 무언가 느낀 것이 분명했다. 그러니 그런 결심을 했겠지.

아영 또한 같은 생각을 한 것일까?

"좋아. 나도 그 길에 함께하겠어. 혹시 나중에라도 저 괴물을 도울 일이 있을 것 같으니까 말야."

"하하. 좋아. 그런데 원래부터 우리 함께하던 거 아니었어?"

정우의 물음에 아영이 답답한 듯 가슴을 쾅쾅 치며 말한다.

"어이. 어이. 나는 너 따라다니는 겉절이가 아니라고?"

"그래도 올 거잖아?"

"쳇…… 괴물이랑 어울리더니 능구렁이가 다 돼 버렸다니까……."

놀리는 맛이 없어졌어.

라는 말은 아끼는 아영이다. 그녀가 보기에도 매사 진지하기만 했던 정우보다는 지금의 그가 나았다.

정우와 아영의 길은 정해졌다. 그럼 마지막 남은 것은 이화다.

말은 하지 않았어도 언제나 왕정과 함께 하고 싶어 하던 그녀다. 그녀치고는 많은 정을 준 아이기도 했다.

이화와 정우 둘 그리고 왕정. 그 사이에서 이화는 과연 어떤 선택을 할까?

가만히 뜸을 들이던 그녀가 말했다.

"따라갈게."

"정말? 저 녀석이랑 함께하고 싶어 하지 않았어?"

아영의 물음에 이화가 표정 하나 변하지 않고 대답했다.

"맞아."

"으으…… 그런 부끄러운 이야기를 하면서도 표정 하나 안 바뀐다니까."

"……."

"그런데 왜 마음을 바꾼 거야?"

"방해만 돼."

"하기는……."

지금 가보았자 도움을 준다고 하기는 어려울 것이다. 차라리 방해나 하지 않으면 다행이다.

게다가 중경을 지나 귀주로 가게 되면, 정파 출신인 자신들 때문에 더욱 어려움을 겪을 것이 당연했다.

확실히 도울 실력이 못되면 뒤로 빠지는 것이 나았다.

"그래도 함께하고 싶어 했잖아?"

"나중에……."

그 언젠가 나중에는…….

'함께하겠지.'

이화는 그리 생각하며 먼저 발길을 돌렸다. 지금 당장에는 함께 하지 못하더라도 언젠가는 함께 할 것이라 믿으면서.

"자아, 가 보자고. 할 일이 많잖아? 아영 네 계획도 실행해야 하니까."

"응! 나중에 저 괴물 녀석 코를 납작하게 해 주자고. 누님들은 생각도 않고 말이지."

멀리서 왕정을 지켜보던 셋이 북으로 향하기 시작했다.

그들의 목적지는 정파의 영역이었다. 귀주를 향해가는 왕정과는 전혀 다른 목적지인 셈이다.

그렇게 셋과 왕정은 잠시지만 이별을 하게 되었다.

*   *   *

"당가는 복수를 잊지 않을 것이다."

"당가는……."

질리지도 않는 놈들이다.

복수는 무슨 복수인가. 먼저 건드리고서 피해를 받았다고 복수를 외치는 것인가? 그게 그들의 방식인가?

"우습지도 않아."

"크윽."

마지막 남은 적의 목덜미에 독 단검을 그대로 박아 넣는 왕정이다.

돌이킬 수 없는 강을 건너다시피 한 당가의 마지막 무사를 죽임으로써 승리를 장식한 것이다.

많은 시체가 누웠다. 서 있는 이라고는 왕정뿐이다.

"도중에 보면 당가 사람이 아닌 사람도 있긴 하던데요."

―그래도 당가의 무사들이라 봐야하지 않겠느냐? 식객이거나, 영향을 받는 문파의 문파원일 게다.

"그것도 그렇겠죠."

세가라는 건 보통 혈족으로 이어져 있다. 하지만 혈족만으로 중원을 아우르는 세력이 되기는 힘들다.

하위 세력이라 할 수 있는 중소문파를 두거나, 식객으로 무사들을 두고 있는 것이 대부분이다.

그런 자들도 상당수 끼어 있었다.

허나 그런 자들이 있다고 하더라도, 당가십독에 고통 받은 것을 제외하고는 어렵지도 않은 대결이었다.

"너무 쉬워요. 당장에 당가 정도는 저 홀로 무너트릴 수 있지 않을까요?"

─아서라. 연독기공이 대단하기는 해도 아직 그 정도는 아니다. 대성을 하면 혹시 모르지.

"흐음…… 독에 관해서는 천적인 거 같은데도 힘들다는 거군요."

─수백 년간 버텨온 저력이란 건 우습게 볼 것이 못 된다.

아직은 어려운 건가? 언젠가는 당가에게 빚을 갚아줄 생각을 하고 있는 왕정으로서는 아쉽게 느껴질 뿐이다.

"쳇……."

─평생해서 힘든 일일 수도 있다. 그나저나 일단은 어찌할 것이냐?

"앞으로라……."

헤어지기 전에 제갈혜미가 여러 방안을 제시하기는 했다.

은거하여 숨어 사는 것, 사람들 사이에 조용히 녹아들어 보는 것, 낭인을 하며 떠도는 것 등 여러 방안을 제시한 그녀였다.

허나 그녀라고 해서 경험이 아주 많은 것은 아니었기에 조금씩은 수정을 해야 할 만한 방안이기도 했다.

"에…… 일단은 귀주 부근에라도 발을 디디고 이야기하죠. 또 추격자라도 오면 큰일이잖아요?"

—그러자꾸나.

천라지망을 통과하고 지나가는 왕정이었다.

어떠한 앞날이 기다릴지는 몰라도, 그는 어떻게든 해 나갈 자신이 있었다. 우선은 아무것도 정해지지 않았지만 그게 뭐 어떠랴?

처음부터 정해진 삶을 살지도 않았을뿐더러, 온갖 어려움을 헤치고 여기까지 온 몸이다.

그는 잘 해낼 수 있을 것이다.

떠나는 자가 있으면 남는 자도 있는 법이다.

제갈세가는 여전히 그 자리에 있었다. 그녀가 깨어나기

를 기다린 것이다.

왕정이 제대로 혼혈을 짚은 것인지 그녀는 왕정이 당가와 일전을 벌일 때쯤이 되어서야 겨우 깨어났다.

그러고는 이 상태다.

"너무 상심 말거라."

"……."

제갈운이 무슨 말을 해도 그녀는 묵묵부답이다. 일이 이렇게 된 것에 대한 충격이 큰 듯했다.

"아이가 아니라…… 다 큰 사내더구나. 나중에라도 다시 올 사내다. 어떤 방식으로든 올 것 같은 사내였어."

"자신을 책임지는 사람이었어요."

"그래. 그런 사내였다. 나이를 떠나…… 그는 충분히 존중받을 사람이다."

"……예."

제갈세가에서 쉬운 길을 가르쳐 준다고 해도 마다했던 왕정이다. 되려 제갈가를 배려하여 사상오행진을 상대로 일전을 벌였다.

청성과 당가를 뚫기 위해서는 힘을 소모하지 않는 게 좋은 걸 뻔히 알면서도 그는 그리했다.

'……게다가 어린 나이에 부정(父情)이 뭔지 알았지.'

천재라 알려진 제갈혜미도 파악하지 못한 제갈운의 속내

또한 알아주었다.

사정이 이상하게 흘러가, 그가 공적이 되지만 않았더라면 딸아이와 혼인을 시켜줄 만한 사내였다.

배경을 떠나 그는 그 자체가 완성되어 가는 사람이었다.

제갈운이 보기에 그는 지금 당장에는 개인이며, 약할지 몰라도 언젠가는 크게 일어설 사람이었다.

그가 부족했다면 모를까 지금에 와서는 딸아이의 선택을 존중해 줄 만하다 생각하고 있었다.

다만 아버지이기에, 딸이 위험한 곳에 가는 것을 두고 볼 수만도 없긴 했다.

상황이 되지 못하여 좋은 인연이 될 수 있는 둘이 서로 이어지지 못한 것인 게다. 그렇기에 제갈운은 안타까운 눈을 하고 딸을 바라보았다.

멍한 표정으로 한참을 있던 제갈혜미가 숙여졌던 고개를 들며 아버지를 바라보며 물었다.

"정말로 그가 돌아올까요?"

"그래. 이성적으로는 말도 안 되는 소리나…… 언젠가는 올 것 같구나."

"……."

정말로 다시 돌아올 것인가? 그는? 그게 가능할 것인가?

제갈세가의 여식인 자신은 제갈가의 땅에 있어야 할 터.

공적이 된 그에게는 위험하기만 한 곳이다.

그런데도 그는 올 수 있을까? 분명 이성은 말한다. 아니라고.

'하지만······.'

제갈운의 말처럼 가슴 한구석에는 그가 올 것이라는 믿음이 생기는 것은 왜일까?

제갈세가에서 제 일로 중요히 여기는 '이성'이라는 것은 계속 아니라고 말함에도, 그가 올 것이라는 한 줄기의 믿음이 사라지지 않는다.

"······믿어야겠죠?"

"네가 믿는다면 그것으로 된 거다. 이 아비 또한 믿지 않느냐? 허허······."

"예······."

"지금이라도 가 볼 테냐?"

은근하게 물어보는 제갈운이다. 보내주지도 않을 거면서 묻는 것은 왜일까? 마음을 떠보기라도 하는 것인가?

답은 의외의 것이었다.

"아뇨. 지금 가 봐야 짐밖에 되지 않아요. 그럴 거면 차라리 저를 갈고 닦겠어요."

제갈운은 제갈혜미의 이런 답을 이미 예상하고 있었는지, 만족스러운 웃음으로 고개를 끄덕이고 있었다.

"그래. 그러면 되는 것이다. 가자꾸나. 너무 멀리 왔단다. 이제는 돌아가야지."

"예."

그녀가 그가 있을 귀주 방향으로 마지막으로 눈길을 준다.

청성과 당가의 시험을 그가 실패할 리는 없다는 듯 시험에 대해서는 신경도 쓰지 않는 태도였다.

제갈운조차도 그런 그녀의 태도를 당연하다고 여기고 있을 정도였다.

과연 왕정의 어떠한 점이 부녀에게 믿음을 심어준 지는 모르겠으나, 둘의 가슴에 하나의 커다란 궤적을 남긴 것만은 확실했다.

제갈가의 사람들이 중경을 벗어났다.

중경을 벗어나려는 이들 중에는 또 다른 이도 포함되어 있었다.

점창의 무사이자, 속가제자로서 분광검이라는 영광스러운 칭호를 가진 하운성은 여전히 잔뜩 굳은 채였다.

그가 화웅 진인이 신호탄을 날리려는 것을 막은 덕에 왕정도 휴식을 취할 수 있었다.

결국에는 신호탄이 터지기는 했지만, 그 또한 왠지 모를 믿음으로 왕정이 시험이 통과할 것이라 믿고 있었다.

화옹 진인은 지은 죄가 있어서인지 하운성을 상대로 꽤 난감해하고 있었다.

"미안하네. 내 점창에는 섭섭지 않게……."

"괜찮습니다."

"허허. 그래도 어찌 그냥 지나갈 수가 있겠나……."

"괜찮다고 말씀드렸습니다."

화옹 진인의 입장에서는 뭣 하나라도 하운성이 받기를 원하는 걸 게다. 정치가다운 그의 성격상 뭐라도 주고받는 것이 믿음의 증표라고 보는 것이다.

그는 뇌물 또한 상대를 휘어잡는 증표라고 생각하니, 당연한 모습일지도 모른다.

"허허…… 그럼 어찌하면 마음을 풀겠는가?"

"바라는 바가 없습니다. 저는 단지…… 어서 돌아가고 싶을 뿐입니다."

하운성은 정말로 바라는 바가 없었다.

점창을 대표하여 무림맹에 온 속가 제자로서, 점창의 의견대로 청성, 당가 등과 어울렸던 하운성이다.

그들이 정치가다운 성격을 가지기는 했지만, 그래도 무인의 성격 또한 지녔다고 여겼었다.

그렇기에 무인의 성격이 있는 하운성도 그동안 그들과

함께 어울릴 수 있었던 것이다. 하지만 실제는 아니었다.

왕정과 그가 대결을 벌일 때 청성의 화웅 진인이 한 행동은, 무인이라면 할 수 없는 행동이었다.

사파의 무인이라고 하더라도 둘의 대결에는 끼어들지 않았을 것이다. 정파의 무인으로서는 더더욱 하지 말아야 할 행동을 화웅 진인이 했다.

본바탕이 무인인 하운성이기에, 그는 더 이상 이 자리에 있고 싶지가 않았다.

그동안 어울려 왔던 화웅 진인의 얼굴을 계속 보게 되면 구역질이 나지 않을까 생각이 들 정도다.

'정치놀음도 좋고…… 무림맹에서 파벌을 만드는 것도 좋다. 하지만 선을 넘었어.'

화웅 진인의 사과의 증표를 받기보다는 점창에 보고를 하고 쉬고 싶은 그였다.

그의 마음은 어느새인가 무림인의 모임이 아닌 정치로 운영이 되고 있는 무림맹에서는 어서 벗어나고 싶은 마음으로 가득 차 있었다.

그가 단호하게 말했다.

"바라는 것도 없을뿐더러, 아무것도 받지 않을 것입니다."

"허허……."

"그동안의 정이 있으니, 아무런 말을 않겠습니다. 그러니 저를 이만 보내주시지요."

설득이 안 되겠구나.

화옹 진인은 그리 생각하며 포권을 해 보였다. 그만 보내줄 터이니 가 보라는 뜻이기도 했다.

하운성 또한 화옹 진인에게 포권을 올리고는 그 자리를 그대로 벗어났다.

점창을 대표하여 움직이던 그다.

공적이 된 과정은 석연치 않으나 그래도 점창은 청성을 밀어주는 입장이기에 천라지망을 만드는 데도 도움을 주었었다.

왕정과 일전을 벌이기 위해서 자리까지 함께했을 정도다.

하지만 그가 공적이라고 해도 신성한 대결 중에 암습을 하는 것은 분명 옳지 못했다.

있어서는 안 될 일이 벌어졌기에 그의 내심은 떠나가는 중에서도 복잡했다.

'어떤 것이 맞는 것인가······.'

많은 물음을 안고서 움직이게 된 그였다. 과연 그가 선택하는 것은 무엇일까?

第十三章

결국, 원점이잖아?

　사람 사이에 스며드는 것도 좋다. 하지만 그러자면 정체를 숨길 것이 필요했다.

　'당장은 그게 힘들다.'

　정파의 영역이든, 사파의 영역이든 간에 피할 수 없는 이들이 있다. 기녀, 도둑, 거지, 소매치기. 종류는 넘친다.

　그들은 영역을 가리지 않고 언제나 있으며, 마을 자체를 없애지 않는 한 존재한다. 없어지지 않는 존재라는 소리다.

　그런 자들은 언제나 정보를 물어다 준다.

　자신이 속하든 속하지 않든 간에, 개방이나 하오문으로 정보를 가져가게 된다. 자신도 모르는 사이에.

"그러니까 저는 못하겠죠? 인피면구 같은 건 만들지도 모르고…… 역용술은 아쉽게 못 배웠으니까요."

그들의 눈을 피해서 숨을 방법이 왕정으로서는 없었다. 그러니 성도라든가, 현, 큰 마을 등은 무리다.

정체가 밝혀지는 것이다.

─그래도 귀주는 사파의 영역이지 않느냐? 사혈련도 대놓고 널 건드리진 않을 거다.

"에…… 건드리지 않는 대신에 귀찮게는 하겠죠. 거절을 하긴 했지만…… 또 모르잖아요?"

─허허…… 그것도 그렇구나.

사혈련은 사혈련대로 문제다. 그들은 왕정의 능력을 꽤 탐내고 있었다.

하기는 공적이라는 점만 제외하면 아직 어린 나이임에도 천라지망을 이겨내는 그 힘은 확실히 매력적이다.

그 힘을 원하지 않으면 그게 더 이상했다.

"결국 낭인을 하든, 힘을 살려 표사 노릇을 하든…… 다시 의원 짓을 하든 간에 다 걸린단 말이죠?"

사혈련이 귀찮게 하지 않더라도 사람 사이에 살게 되면, 당가의 방문을 다시 받으리라. 그들이라면 살수문파라도 고용할 것이 뻔했다.

'그러고는 못 살지…….'

사혈련에서 다시 독지를 만드는 것도 힘든 일이다.

현실적으로 시간이 없을 게다. 준비를 할 시간이 없는데 살수라도 오게 되면 꽤 곤란할지도 모른다.

설사 준비를 한다 할지라도 그 사이에 공격을 받으면 그로서도 혹시 모를 사고가 생길 수도 있다.

여러모로 방안이 없었다.

"결국은…… 잘해야 화전민촌 정도에나 갈 수 있다는 건데……."

─선택권이 없긴 하구나.

"예. 그렇게 되면 결국에 처음 사냥꾼이었을 때와 다를 바가 없잖아요?"

─……그렇구나.

왕정은 사냥을 주업으로 먹고살던 사냥꾼이었다. 독공을 익히고 어쩌다 보니 의원 노릇까지 했지만 그 이전에는 홀로 살아가던 이였다.

허명도 얻으면서 사람도 얻었었다.

조용한 이화, 침묵 속에 넘치는 혈기를 가지고 있는 정우, 재능이 넘치는 철아영.

그들이 자신에게 처음 정을 주었다.

아칠과 우원방은 그에게 존중이라는 것을 알려줬다. 무림의 아래에서 살아가지만 그들은 각자의 가치를 가지고 있었다.

제갈혜미의 천재성을 보면서 세상이 넓다는 것을 배웠다. 관언을 통해서 진중함을 엿보았다.

'홀로 사냥을 할 때는 몰랐던 것들을……'

사람 사이에 있으면서 배웠다.

독존황이 말할 것처럼 무림이라는 것, 아니 사람 사이에서 산다는 것은 많은 것을 배우게 해 준다.

이제 막 사람 사이에서 살아가는 정을 알고, 배움을 알았는데 이제는 숨어 살아야 할 판이다.

"쳇…… 사정이 어쩔 수 없는 거야 있긴 하지만 왠지 아쉬운 건 어쩔 수가 없네요."

―허허. 잘 찾아보자꾸나. 그래도 적당히 규모 있는 화전민촌이라면…….

독존황이 위로를 해 주려 하지만 되려 역효과다.

"그러면 오히려 정보가 세어나갈지도 모르잖아요. 잘해야 십에서 이십호 정도 있는 곳을 찾아야겠죠. 으휴……."

―허허…….

독존황이 현 상황을 만든 것은 아니다. 잘못한 것도 아니다. 하지만 그를 처음 세상으로 끌어들인 것은 그였다.

그를 꼬실 적에 장밋빛 밝은 미래만을 그려줬던 것과는 다르게 현실은 다시 홀로 지내야 할 팔자였다. 평생은 아닐

지라도 잠시간은 그래야 하는 것이 확실했다.

독존황으로서는 괜히 미안해질 수밖에 없는 상황이다.

─미안하구나.

"에휴……아니에요 떼를 써서 제가 더 죄송해요. 할아버지가 뭐 잘못이 있겠어요. 일단은 찾아보기나 하자구요."

─그러자꾸나.

잠시지만 머무를 곳이 필요했다.

*　　　*　　　*

─사냥을 하려면 서쪽이 좋겠구나. 서쪽이 높으니 그리로 가자.

"귀주에서 살아 보신 거예요?"

─허허…… 잠시 인연이 닿았었다.

독존황의 과거는 과연 무엇이었을까? 여전히 궁금하기는 하지만 먼저 말을 해 주지 않는데 물어보는 것은 예의가 아니었다.

그렇기에 왕정은 더 캐묻지는 않았다.

"귀주는 좀 살 만한가요?"

─아무렴. 보통은 힘들지만 넌 살 만할 게다. 귀주 땅 대부분이 산인데 너는 산을 좋아하지 않느냐?

"에이…… 사냥꾼 한다고 해서 다 산이 좋은 건 아니라고요. 다 먹고 살려고 그런 거지."

—허허. 그렇더냐?

"예. 생계 때문인 거지요. 생계!"

—생계라…….

독존황으로서는 생각해 보지 못한 문제다. 무공을 익히는데 많은 시간을 할애했던 그로서는 양민들의 삶을 잘 알지 못했다.

"할아버지는 분명히 잘생긴 도련님같이 생겼었을 거라니까요? 그 부잣집의 도련님처럼요."

—그럴지도 모르겠구나.

"에? 인정이 빠르시네요."

—네가 의방에서 하는 것을 보면서 많은 생각을 했으니 당연한 게다. 허허. 그나저나 어서 움직이기나 하자꾸나.

대체 무엇이 고민인 것일까? 왠지 씁쓸함이 배어나오는 독존황의 말에 왕정으로서는 좀체 걱정을 떨칠 수가 없었다.

'지난번 청성과의 대결 때의 일 때문에 그러시나?'

청성에서의 일이야 자리를 잡고 연구를 하면 되지 않겠는가. 그가 몸을 뺏을 생각을 하는 것도 아니니 일단은 속이 편한 왕정이다.

"고민이 있으면 말도 하고 그러세요."

—그래. 정리가 되면 말해 보마. 허허.

기다려 주면 되는 거다. 그게 가족이니까.

귀주에 들어서서 서쪽으로 끊임없이 향하던 왕정은, 운남과 귀주의 경계에 있는 육반수(六盤水)에 가까이 자리를 잡았다.

현으로 바로 갈 수는 없다.

하지만 성 경계의 특성상 화전민들은 좀 있으니 그곳에 자리를 잡기로 마음먹은 것이다.

"자자, 일단은 집부터 다시 지어야겠지요. 흐음…… 그래도 집 짓는 건 편할지도요."

스으으.

그의 손에서 뻗어 나온 기의 줄기가 독단검을 형성했다. 전투를 치르는 것도 아니기에 느긋하니 만들어 낸 왕정이다.

—허허. 나무 자르자고, 그런 짓을 하는 것이냐?

"에…… 뭐 제대로 집을 지으려면 원래 마른 나무를 써야 했다고요. 그래도 당장 급하니까 강기 쓰는 거죠."

강기를 쓸 수 있는 자들이 무림에 아주 없지는 않다.

허나 하류무공을 익히거나, 재능이 부족하여 평생 강기

한 번 제대로 사용하지 못하는 자들이 얼마나 많던가.

그런 강기를 가지고 나무를 자르는 데나 사용하는 왕정이다.

쿠우웅. 쿵.

독단검이 한번 휘둘러질 때마다, 수십 년씩은 자랐을 것이 분명한 거목이 그대로 쓰러져 버린다.

"삼매진화까지는 아니어도…… 독 기운으로 수분을 빼든가 해야죠 뭐. 임시지만…… 뒤틀리게 만들 수는 없잖아요?"

―……별짓을 다하는구나.

그런 나무를 왕정은 바로 다듬기 시작했다.

독 단검을 사용하는 것은 당연한 일. 무슨 종류의 독을 사용한 것인지 독단검이 지나가면 조금씩 마르기 시작하는 나무였다.

"햐…… 이거 원래 집 짓는 게 보통 어려운 일은 아닌데 말이죠."

―허허…….

순식간에 집에 사용될 나무가 준비되었다. 잘 다듬어지고, 모난 것 하나 없는 일등급 목재들이다.

사냥꾼이라면 임시 거처 정도는 만드는 기술들이 각자 있다. 산에서 활동을 하다 보면 산에 임시 거처를 지어야 할 때가 많기 때문이다.

왕정 또한 그 정도는 가능했다.

"사냥이 아니라 건설업에나 뛰어들 걸 그랬나 봐요."

―쉰 소리는 되었다.

그는 능숙해 보이는 손놀림으로 땅을 파기 시작했다. 토행공을 사용하니 푹푹 땅이 파이는데 그 속도가 삽을 사용하는 것보다 빨랐다.

내공을 아끼지 않고 무식할 만큼 들이 부어버리니 느리려야 느릴 수가 없는 것이다.

쿠웅.

다시 그 안에 미리 다듬은 나무를 박아 넣는 것으로 기둥을 삼는 왕정이다. 이 정도면 임시 거처치고는 괜찮게 기둥을 박아 넣은 것이다.

"귀주는 비가 많이 내린다고했죠?"

―삼 일에 한번은 내린다. 덕분에 독충들도 제법 많다.

"흐음……."

기둥을 감상하며 잠시 고민을 하던 왕정은 다듬은 나무를 들고는 기둥의 사이사이를 나무로 채워 넣었다.

그러고는 기둥을 파느라 나왔던 흙에 물을 들이 부어서는 진흙을 만들고 벽의 틈을 막았다.

"외풍은 이것으로 됐는데…… 문제는 지붕이네요."

―왜 그러느냐?

"보통 임시 거처는 지붕은 대충 하거든요. 오래 머무를 것도 아니니까요. 그치만 우기가 많다니 제대로 해야죠 뭐."

왕정은 귀찮다는 표정을 지으면서도 쉼 없이 움직였다.

다시 나무를 다듬고 지붕에 맞게 얇게 만들어서는 위 몇 겹씩 위로 쌓아 올리기 시작한 것이다.

물이 잘 흘러내리게 사선으로 지붕을 쌓은 것은 물론이었다.

"다 됐네요. 후후. 하루 만에 만든 거 치고는 제법 근사하지 않아요?"

―허허……

"보수할 게 많긴 하지만…… 그건 살면서 해야죠 뭐. 바닥도 다시 잘 깔아야 하고요. 흐음…… 가재도구도 그렇고 구할 게 많네요."

돈도 충분했다. 잠시지만 사혈련이 자신을 찾지는 않은 것 같으니 여유는 충분했다.

'잠시만 휴식을 취해 볼까…….'

짧지만 힘들었던 추격으로 지친 몸을 달래기 위해 안으로 들어서는 왕정이다.

생나무 냄새가 지독히 나는, 거칠기 그지없는 집이었지

만 그는 그곳이 안방이라도 되는 듯 곤히 잠들었다.

오랜만의 평화다.

*　　　*　　　*

왕정이 여유를 가지는 동안, 그가 벌인 뒷일에 대한 후폭풍은 여러 문파와 세가에게 불어 닥치고 있었다.

특히 당가의 경우에는 그 명예가 땅으로 쳐 박힐 정도였다.

왕정을 처음 죽이려 나설 때까지만 하더라도 별거 아닌 취급을 했던 그들로서는 뼈아픈 타격이라 할 수 있다.

당이운은 젊은 혈기를 주체할 수 없는 것인지 얼굴이 시뻘게져서는 말했다.

"당장에 귀주로 사람을 보내야 합니다."

"아서라. 지금 당장 정보조차도 없지 않느냐?"

"그래도 하오문이든 개방이든 뒤지면 나올 겁니다. 못 찾을 건 없지 않습니까?"

"찾아서? 찾아서 어떻게 할 것이냐?"

찾는 것은 문제도 안 된다. 아마, 다른 여러 문파들도 얼마 안 있으면 왕정의 행적 정도야 찾아 낼 수 있을 것이다.

산골에 숨어서 홀로 살아가지 않는 한 위치는 결국 밝혀진다.

　다른 이들도 그것을 알기에 언제고 위치가 밝혀질 때를 기다리고 있는 것이다.

　"놈을 죽여야지요!"

　"급할 것이 아니다."

　"급할 것이 아니라구요? 삼촌들이 죽었습니다."

　당가의 장로들은 달리 말하면 가주의 형제들이기도 하다. 혈족으로 이어지는 당가이니 당연한 일이다.

　당이운을 아끼던 당기선 장로는 왕정의 영역에서 죽었다. 당청운 장로는 천라지망 속에서 죽어버렸다.

　당중십독을 가지고도 죽어 버린 것이다.

　'우습게 볼 수가 없다……'

　그렇다 해도 지금이라도 전력을 다하면 놈을 죽이지 못하지는 않을 것이다. 놈이 아무리 희대의 무공을 가지고 있더라도 단신으로 당가를 상대할 수는 없다.

　그것은 변하지 않는 진실이다. 가주 자신이 천라지망에 갔었더라면 죽는 이는 왕정이 되었을지도 모른다.

　허나 체면이 있기에 나서지 못했을 뿐이다.

　"이 아비 또한 좋지는 않다. 허나 때가 있는 법이야."

　"때요? 삼촌들이 죽었습니다. 당가의 가법이 무엇입니까? 복수는……."

"그만!"

"……."

혈기 넘치게 가주에게 따지고 들었던 당이운이지만, 가주의 눈을 보자 아무런 말도 할 수 없었다.

그의 눈빛은 자신 이상으로 분노가 어린 눈빛이었다.

"죽인다! 죽일 것이다! 어떤 방식으로든! 죽일 것이야!"

한이 어린 외침이다. 처음 한을 만든 것은 자기 자신의 그른 선택이건만 그는 당당하기만 했다.

당이운은 가주의 기세에 밀린 것인지 고개를 숙일 뿐이다.

"……죄송합니다."

"아니다. 너만큼이나…… 이 아비 또한 복수를 하고 싶다. 하지만…… 현재 사천의 상황이 좋지 못하다."

"사천이 말입니까?"

사천은 정파의 복마전이라고도 불리는 곳이다. 사천에 있는 문파가 몇이던가?

중소문파를 제외해도 아미, 당가, 청성이 있다. 구파일방과 오대세가 중에 셋이 있는 곳이 사천이다.

사혈련조차도 어지간해서는 사천을 공격하는 법이 없었다. 하남에서 도발이 이뤄질 때조차도 사천만큼은 잠잠했다.

그런 사천이 상황이 좋지 못하다?

"청성 또한 일이 있으니 자중을 하고 있다. 아미는 근래에 들어서 세가 약해 졌지."

"예. 덕분에 저희 가문의 세가 커지지 않았습니까?"

당이운의 말대로다.

같은 정파라도 한 영역 안에 있으면 서로 영역을 갈라먹을 수밖에 없었다. 대를 이을 때마다 그 영역은 조금씩 달라지고는 했다.

현재의 사천은 당가가 가장 성세를 자랑하며, 다음으로 청성이었다. 아미의 경우에는 이번 대에는 의외로 세가 약했다.

아미는 이번 대에 인재가 적기 때문이다. 새로운 대의 제자들이 출중하다고는 하지만 그들이 무림에 나서려면 5년은 더 기다려야 할 상황이다.

당가의 독주 아닌 독주가 꽤 오래 지속되고 있는 상황이다.

"영역의 경계에서 계속해서 사건이 발생하고 있다."

영역의 경계는 각 문파 영역의 경계를 말함이다.

"경계에서요?"

"그래. 하남에서 일어났던 일이 이곳 사천에서 일어나고 있다. 화재, 강도, 살인이 늘었어."

"대체 누가 그런 일을 벌인단 말입니까?"

당이운이 일갈한다. 이건 왕정의 문제와는 다른 또 체면이 걸린 문제다. 감히 자신들의 영역에서 누가 날뛰는가?

"아무래도…… 귀주에서 뒤로 빠졌던 사혈련의 놈들이 날뛰는 듯하다."

"그놈들이 말입니까!? 당장에 무사들을 내주시지요. 제가 가서……."

"되었다. 그들을 제압하는 것이야 일도 아니다. 제대로 나선다면 몇 주야 되지 않아서 소탕을 할 수 있겠지."

"그런데 왜 망설이고 계시는 겁니까?"

당이운의 짧은 생각이 마음에 들지 않는 것일까? 가주가 크게 분노를 표현했다.

"갈! 가주가 될 아이가 어찌 그리 생각이 짧더냐? 항상 말하지 않았느냐. 일이 발생하면 그 이면을 생각해야 하느니라."

그제야 아차 싶었던지 당이운이 열심히 머리를 굴리기 시작한다. 아집과 고집이 있는 그이지만 멍청하지는 않았다.

"……군이 사혈련에서 손해를 감수하고 사천을 공격하는 이유를 찾아야 한다는 것을 말함입니까?"

"그래. 그걸 생각해야 한다. 대체 놈들이 왜 움직이는 지를 알아는 내야 하지 않겠느냐?"

"아버지의 말이 맞습니다. 바로 움직여 보도록 하겠습니다."

이 정도로는 가주에게 만족스러운 답이 아니었다.

"허어. 거기서 끝인 게냐?"

"그럼……."

"현상을 알고 그걸 어떻게 이용할지를 알아내야 하지 않겠느냐? 어차피 경계에서 일어나는 피해는 청성과 아미의 피해기도 하다. 그걸 이용할 생각을 해야지! 조사만 생각해서야 생각이 짧다고밖에 할 수 없는 것이다."

"……죄송합니다."

"청성이 왜 나서지 않겠느냐? 아미파는? 손해를 입으면서도 움직이지 않는 것에는 이유가 있는 것이야. 나가보아라. 그리고 방법을 찾아! 이번 일로 해결하는 것을 보고, 네가 공적을 처리할 수 있는 기회를 주도록 하마."

당이운이 당황한 눈치로 가주를 바라본다.

당장에 죽여도 마땅한 공적 왕정이 아닌가. 그를 죽일 기회를 일처리를 하는 것을 보고 결정을 내린다니.

'대체 왜? 어차피 죽여야 할 놈이다.'

당이운으로서는 이해를 할 수 없었다. 허나 가주의 생각은 달랐다.

"복수는 둘째요, 당가의 체면이 땅으로 떨어진 것은 셋째다. 끊임없이 생각해 보거라. 과연 첫째가 무엇일지. 복수도 좋으나 가주로서의 생각을 하란 것이다."

"……예. 명심하겠습니다."

"그래. 생각하고, 준비하거라. 그리하면 복수할 때가 올 것이다."

가주의 말을 마지막으로 당이운이 가주실을 벗어났다.

당이운이, 아니 당가가 독기를 품기 시작했다. 좀 더 본격적으로, 좀 더 착실하게 왕정의 목덜미를 노릴 그들이었다.

第十四章

가만있을 수가 없다

사냥을 하는 것이야 쉬웠다. 무공을 사용하기 이전에도 사냥꾼을 생업 삼았던 그가 못하는 게 더 이상했다.

전보다 활이 손에 익지 않기는 했지만, 그를 대신하여 사용할 것은 많았다.

"꾸에에엑!"

토행공을 사용해서 땅을 뚫는 것은 기본이다. 멧돼지 정도도 들어갈 만한 큰 구멍을 뚫곤 한 그다.

낮은 수준의 진이지만 잠시 혼란에 빠지게 하는 것만으로도 충분했다. 멍하니 서 있는 동물은 어린아이도 잡을 수 있을 정도다.

그동안 배운 온갖 방법을 활용하여 사냥에 쓰고 있는 그인 것이다.

덕분에 항상 사냥감은 풍족했다. 사냥을 하러 나갔다 우연찮게 독충이라도 얻었다 치면 그날은 덤으로 독도 얻는 날이었다.

하지만 아무리 왕정이라고 할지라도 모든 걸 홀로 해결할 수는 없었다. 문제는 바로 소금과 생필품이다.

절정을 넘은 고수라고 하더라도 생필품을 만들어 낼 수는 없다. 그건 강기보다 만들기가 더 어렵다.

"슬슬 마을에 가 볼 때가 되긴 했네요."

─그렇구나. 흐음…….

게다가 그가 자리 잡은 곳은 작은 화전민촌의 주변이다. 화전민들 자체도 생필품이 많지는 않은지라 한 번에 많이 구매를 할 수도 없었다.

도둑질을 할 수도 없으니, 때마다 가서 생필품을 구하러 마을에 나가곤 하는 왕정이다.

해서 오늘은 사냥을 접고 그동안 구한 가죽들을 여럿 챙기고 길을 나선 왕정이다.

"그나저나…… 당최 감이 잡히지가 않네요. 어떻게 할아버지가 저를 움직인 걸까요."

─몇 달 정도가 아니라…… 몇 년은 연구해야 할 거리일

지도 모르겠구나.

"흐음…… 영영 밝히지 못할 지도 모르죠. 할아버지가 제게 썬 거부터가 신기한 일이니까요."

—허허…… 그래도 밝혀내야 한다. 그리하면 무공을 가르치는 것도 쉽지 않겠느냐?

"그것도 그러네요."

스승이 있냐 없느냐의 차이는 꽤 크다.

스승이 시범을 보이게 되면 무공도 익히기 쉬워진다. 특히 초반에는 초식의 형이 중요한지라 더욱 중요했다.

허나 독존황은 육체가 없지 않은가. 해서 왕정이 처음 무공을 익힐 때는 그 형(形)을 익히기가 힘들었다.

그러나 만약 독존황이 직접 왕정의 몸을 움직일 수 있게 되면? 그 보다 나은 스승이 없을 것이다.

깨달음을 직접적으로 전해 주지 못해도 상관없었다.

몸으로 직접 움직이게 하면 충분했다. 몸 자체에 각인을 시키고 길을 열어주면 그보다 나은 스승이 어디 있겠는가.

허나 아쉽게도 그때 이후로는 무슨 수를 써도 되지가 않았다.

"무슨 계기가 필요한 거 같아요. 확실히."

—그런 거 같다. 일부러 위험하게 만들 수는 없으니…… 문제구나.

그렇다고 같은 상황을 만들 수는 없다. 목숨을 잃을 뻔한 상황에 독존황이 몸을 움직이지 못하면 그대로 죽는 거다.

아무리 왕정이라 해도 그런 짓을 할 수는 없었다.

한담을 나누면서 산을 벗어나니, 화전을 통해서 밭을 일구고 있는 화전민 마을이 보였다. 가옥의 수는 약 이십여 호 정도.

화전민들치고는 꽤 많은 수를 자랑하는 마을이라고 할 수 있는 곳이었다.

처음에는 그가 오자 심하게 경계를 했었지만, 두 달째쯤 되니 그를 경계한다거나 하는 일은 없었다.

방문을 자주 한 것은 아니지만 그가 위험 대상은 아니란 것을 깨달은 덕분이다. 왕정을 보고 무슨 사연이 있겠거니 하는 주민들이다.

'개중에 친화력 좋은 애도 있긴 하지……'

바로 저 아이다. 예쁘장하게 생기기는 했지만, 한없이 버릇이 없는 녀석이기도 했다.

추정되는 나이는 열셋 정도. 나이가 제법 어린데 듣기로는 부모와 함께 있는 것이 아니라 잠시 맡겨졌단다.

그래서인지 잔뜩 성이 난 고양이 같은 아이기도 했다.

이름은 소월아라 말하는데 월아라는 이름 자체를 잘 사용하지 않는 걸 생각하면 진명이 아닐지도 모른다.

'거기다 뭔가 익히고 있단 말이지…… 흐음…….'

자신만큼이나 뭔가 있는 아이다. 사연이 있거나 할 거다. 자신만 해도 사연이 있지 않은가. 이해는 할 수 있다.

이해하지 못할 것이라고는 저 매정하면서 퉁명스러운 태도뿐이다.

"또 왔어?"

"응. 지난번에 말한 소금이랑 들어왔어? 조미료도 좀 필요하고…… 곡물도 좀 필요해."

"으휴. 그게 한 번에 구해지는 거 아니라고 했잖아? 정 뭣하면 저기 현에라도 나가보면 되지 않아?"

그녀의 말대로 현에 나가면 이 정도야 금방 구할 것이다.

하지만 이 임시거처에서 조금이라도 오래 버티기 위해서는 현 같은 곳에 나서서는 안 됐다. 현에 가 봐야 나를 잡아가쇼 하는 꼴이 된다.

이곳에 있더라도 언젠가는 들키겠지만, 최대한 오래 있고 싶은 왕정이었다.

"사정이 있다고 했잖아."

"현상금이라도 걸려 있는 거 아냐? 응? 그 두건이라도 벗기면 막…… 흉악한 얼굴이 나오고 그러는 거 아냐?"

"어휴……."

비슷해 보이는 또래가 없어서일까. 무공을 익힌 왕정이

어려 보여서인지 이런 식으로 장난을 치곤하는 소월아다.

"아니라고 했잖아!"

"아 왜 성을 내고 난리야? 응? 자꾸 이러면 물건 안 판다? 응? 겨우 현에 나가서 구해 온 거라고!"

제길. 강제로 빼앗을 수도 없으니 이럴 때는 어쩔 수가 없다.

"……미안."

"그래. 그래야 착한 아이지. 후후."

그제야 만족스럽다는 듯 왕정을 보는 소월아다. 하는 짓이 완전 여우다. 성인이 되면 요물이 될지도 모를 아이다.

아름다움은 제갈혜미보다는 조금 떨어지지만, 그것을 메꿀 만한 묘한 분위기가 있는 아이다.

허나 왕정에게는 그런 묘한 매력 따위보다 생필품이 더 중요했다.

"어서 주기나 해."

"쳇…… 알았어. 받아가라고."

"응. 가능하면 다음에 또 올게."

마을에 오래 있어봐야 더 좋을 것이 없다.

왕정은 우선은 마을을 벗어나기로 했다. 소월아가 건네준 물건을 가지고 물러나려니 뒤에서 그녀의 중얼거림이 들려온다.

"아무리 봐도 도망자 같다니까? 진짜 현상범 같은데……."

"아우! 다 들린다니까?"

"귀만 밝아가지고는. 어서 가기나 해!"

한숨을 내쉬며 다시 갈 길을 가는 왕정이다.

"에휴……."

그래도 오랜만에 사람과 대화를 했으니 그것만 해도 감지덕지 아닌가. 그런 맛이라도 없었더라면 임시 거처를 떠났을지도 모른다.

*   *   *

─허허. 괄괄하구나. 아영이란 여아와 비슷하구나.

"차라리 아영 누나가 덜 하죠. 에휴…… 맨날 어디만 가면 이상한 여자가 꼬인다니까요."

─그것도 그렇구나.

마을을 벗어나 임시 거처로 향하는 왕정이다. 거리가 좀 있기 때문에 경공을 펼칠 것이 아닌 한은 부지런히 걸음을 옮겨야 했다.

'오늘은 무슨 수련을 더 해야 하려나…….'

진법에 무공까지 활용을 하니 사냥에 많은 시간을 할애

할 필요가 없었다. 적당히만 하면 됐다.

시간을 죽일 겸 해서 대부분은 무공을 갈고 닦는데 힘을 쏟고 있는 왕정이다. 외로움만 제외하면 수련장으로는 좋은 임시거처다.

"그 아이가 조금만 덜 괄괄 대면 좋았을 텐데 말이죠. 이름은 이쁜 월이면서…… 어?"

얼마나 걸어갔을까? 마을을 벗어난 지 아직 한 식경이 채 되지 않았다. 그런데 그의 눈에 보이는 것은 뭔가?

잔치라도 벌이는 것인가?

아니다. 잔치를 벌인다고 해도 이십여 호가 조금 넘는 화전민 마을이다. 먹고 살기도 힘든 곳이다. 그런 곳이 잔치를 할 리가 없다.

그런 마을에서 연기가 뿌옇게 흘러나오고 있었다. 자신이 나온 지 얼마나 되었다고?

—침입을 한 게다.

"젠장……."

당가에서 자신이 이곳에 있다는 것을 파악이라도 한 것일까?

아니다. 시간이 꽤 지나기는 했지만 설마 귀주에까지 왔을 리는 없다. 당가라고 해도 사혈련의 영역에 나서려면 준비를 꽤 해야 하리라.

그렇다면 청성인가? 아니면 점창? 당가와 사정이 같으니 그럴 리가 없다. 가장 가능성이 높은 것은.

"산적인가……."

—그럴 게다. 아니면 사혈련의 무사일지도 모르지. 관군이거나.

"하……."

어떻게 해야 하는가? 평소의 자신이라면 분명 나섰을 것이다. 그들을 지킬 힘이 있는데 나서지 않을 성격은 아니었다.

하지만 지금의 상황이 좋지 못했다. 지금 이 순간에 괜히 나섰다가는 위치가 발각될 수가 있었다.

그때부터는 사혈련의 눈이든, 무림맹의 시선이든 간에 피하기 위해서 다시 멀리 움직여야 하리라.

한번 눈에 띄게 되면 생각 이상으로 숨기가 힘들게 된다.

'이성대로라면…….'

분명 모습을 드러내는 것은 좋지 못하다. 특히나 마을을 침범하는 저런 무리들에게 모습을 드러내는 것은 더더욱!

하지만 이미 왕정의 발걸음은 화전민촌을 향해 가고 있었다. 잔뜩 내공을 끌어 올려 경공을 사용하고 있는 그다.

"젠장…… 젠장할. 이래서 제가 손해 보는 성격이라니까요!"

―허허.

경공을 사용하여 화전민촌에 도착하는 것은 순간이었다. 얼마 되지도 않는 거리에 시간이 걸릴 리가 없다.

그의 눈앞에 보이는 광경은.

"……여전하네요."

산적으로 보이지는 않는다. 같은 복장을 하고 있는 것으로 보아 어딘가에 소속된 이들로 보였다.

―상징은…… 사혈련의 것이구나.

"후……."

사혈련의 무사들이다.

사혈련 직속은 아니더라도 상징을 가진 것으로 보아 적어도 그들에게 속한 사파의 무사들이다. 이곳이 사혈련의 영역이니 그들이 모습을 드러내는 것이 이상하지는 않다.

하지만 왜 하필 지금인가?

아무리 사파의 사람이라고 하더라도 왜 화전민촌을 공격하는가?

'언제는 이유가 있었더냐.'

저런 놈들은 흔했다. 정파의 무사들도 사람이 없으면 죄를 짓곤 하는데, 사파의 무사들이면 더 말해서 뭣하랴.

무슨 이유에서든 이곳에 오게 된 놈들이 회포를 풀고 있는 걸 게다. 사람을 죽이고, 여인을 간하며, 그들의 모든 것을 불태우면서!

"이래서 사혈련이 싫다니까요."

검을 겨눠 밭을 일구고 있던 중년에게 내리 찌르려는 사혈련의 무사들에게로 왕정의 몸이 쏘아져 나간다.

"사, 살려!"

"죽엇!"

목적도 없는 살인. 오직 유희만을 위한 미치광이들의 광란. 인간이 아닌 짐승이다. 짐승이 검을 내리 찌르는 순간.

퍼어억!

순간적으로 다가온 왕정이 사혈련 무사의 심장을 으깨었다. 단 일 수만으로도 그를 쓰러트리는 데는 충분했다.

"괜찮으신가요?"

"어어…… 괘, 괜찮……."

눈으로 확인했는데 더 확인할 필요가 뭐 있는가.

"다른 사람들을 데리고 피신하세요. 나머지는 제가 맡죠."

"아, 알겠습니다."

허둥지둥 대면서 자신의 가족을 챙기기 위해 움직이는 중년이다. 힘을 가지지 못한 평범한 양민의 모습이었다.

무공을 배우기 이전 왕정과 똑같은 모습이다. 예전이 떠오른 왕정은 더욱 힘을 줘 움직이기 시작했다.

"크아아악. 차라리 주, 죽여……."

여인의 옷을 찢으려는 욕정에 찬 무사에게 독을 선물 해 주었다. 옷이 아닌 오장육부를 대신하여 찢어주었다.

"큽."

목숨을 가지고 놀고 있는 무사에게도 독을 선사했다. 온몸을 꼬아가며 버둥대는 꼴이 어린아이의 손에 쥐어진 장난감의 그것과도 같았다.

찾고, 또 찾아 무공을 제대로 사용하지 못하는 괴수들을 죽였다. 힘을 가지고도 잘못된 곳에 사용하는 자들을 죽였다.

정파의 무사도 아니며, 정파의 공적이 되어 버린 몸이지만 사람의 도리를 알았기에 끊임없이 움직였다.

그 노력이 통한 것일까.

오십이 넘던 수를 자랑하던 사혈련의 무사들도 이제는 고작 다섯밖에 남지 않았다.

"오, 오지 마!"

문제는 참으로 상투적인 일이 일어났다는 데 있었다.

자신들의 생명이 위험함을 깨달은 사혈련의 무사들이 검을 꼬나 쥐고 인질극을 하고 있었다. 마지막까지도 그들다웠다.

왕정이 그를 무시하고 걸음을 옮겼다.

사로잡힌 사람들의 몸이 부들부들 떨린다. 또한 사혈련의 무사들도 왕정이 인질극을 무시할 줄은 몰랐다는 태도다.

"더 다가오면 죽일 거다!"

"죽일 수 있으면 죽여 봐. 넌 못 해."

본보기라도 보여야 하는 건가?

사혈련의 무사는 그리 생각했다. 어차피 인질은 여럿이다. 이중에서 하나를 죽이면 저 괴물도 말을 들을 것이라 생각했다.

"이야아압!"

그가 검을 움직이려 했다! 사람 하나를 죽여 자신의 목숨을 구걸하기 위해서!

"이, 이이익! 이게 대체!"

자신의 목에 검이 꽂힐 거라 오줌까지 지린 여인이다. 하지만 그녀는 죽지 않았다.

사혈련 무사의 검이 들지 않았다. 핏발이 잔뜩 선 눈으로 여인을 죽이려고 하지만 몸이 말이 듣지를 않았다.

"죽일 수 없다고 했잖아?"

"이이익! 사, 사술이냐!"

자신의 몸이 그대로 굳은 것을 깨달은 무사다. 다른 무사들도 움직여 보려 했지만 이미 마비가 된 지 오래였다.

움직일 수 있는 것이라고는 오직 목 위에 달린 머리뿐이었다.

그들에게 다가간 왕정은 자연스레 사람들을 구출하고는 여인을 죽이려 하던 사혈련 무사에게 독을 주었다. 그가 아는 한 가장 고통스럽게 죽는 독, 이무기의 독이었다.

"크아아아악!"

왕정은 표정도 바뀌지 않은 채로 말했다.

"마을 사람들은 우선 다들 짐부터 챙기도록 하세요. 떠나야 할 거 같으니까요."

"예, 예."

화전민들도 지금 떠나야 한다는 것을 알 것이다.

이유야 어찌 됐든 사혈련의 무사들이 죽었으니 사혈련의 무사들은 언젠가 다시 찾아올 것이다.

힘이 없는 그들로서는 피하는 것이 당연했다.

마을 주민들이 풀린 다리를 어찌어찌 이끌어가면서 움직이기 시작했을 때, 왕정은 남은 넷의 무사들에게 다가갔다.

"자아, 어째서 너희들이 여기 있는 거지? 아무리 귀주라도 각자 지켜야 할 곳이 있는 거잖아?"

왕정의 심문이 시작되었다.

第十五章

운남에 오다

"그러니까 가는 길에 잘 걸렸다 싶어 그런 짓을 했다?"

"……예, 옙. 저는 하기 싫었지만…… 당수가……."

"그런 말은 됐고."

조잡한 핑계를 대보았자 되려 역효과만 난다는 것을 모르는 듯했다. 어쨌든 좋다. 놈들이 이곳 화전민을 공격한 이유야 넘어가자.

중요한 것은 처음 했던 물음이다.

"그럼 이곳에 온 것 자체가 운남을 향하기 위해서가 확실한 건가?"

"예. 그리 알고 있었습니다."

시키지 않아도 술술 잘 분다. 독으로 고문하는 것까지도 생각을 했는데 이건 너무 쉬웠다.

사혈련의 정예는 무림맹 무사 못지않은 기개를 보인다고 들었는데 이놈은 너무 심하게 비열하지 않은가.

"네놈은 사혈련 직속이냐?"

"그…… 청월문 출신입니다."

"청월문?"

"사혈련 밑에 있는 작은 문파입니다. 본래 중경에서 활동을 하는 문파였습니다. 련에서 퇴거를 시켰습니다만은……."

역시, 직속은 아닌 놈이었다. 그렇다 해도 고향을 떠나 이곳까지 온 것을 보면 좀 이상하기는 했다.

"운남을 공격하는데 중경의 사람들까지 동원을 한다라. 본거지를 두고 퇴거를 하려면 꽤 애를 먹었을 건데?"

"그래서 명령이 떨어진 지 꽤 오래 됐는데도 지금에 와서야 귀주에 닿았습니다."

"흐음……."

그때 가만있던 독존황이 끼어들었다.

—아무래도 작은 중경을 포기하고 운남에서 득을 얻으려 하는 거 같구나. 네가 무림맹을 흔들어 놓은 것을 이용하는 것이겠지.

[사혈련주가 분위기는 꽤나 진중해 보였는데…… 하는 짓은 여우가 따로 없네요?]

—련주 정도 되면 그 정도 약삭빠름은 가지고 있는 것이 겠지. 그의 입장에서는 이해가 가는구나.

물론 련주의 입장에서야 지금이 호재긴 할 거다. 자신이 당가의 세력을 꽤 꺾지 않았던가. 그에 더해서 혼란도 꽤나 주었다.

모르긴 몰라도 하남에 아직까지 남아 있는 독지로도 무림맹은 골치가 아플 거다.

그는 공적이고 독지는 공적이 만든 것이니 무림맹의 입장에서는 치워야 할 존재다. 무림맹의 심장부나 다름없는 하남에 있으니 더더욱!

하지만 독지가 처리하기가 쉬울까?

'어림도 없지.'

설사 제갈혜미가 진을 해체해 준다고 해도 문제가 될 거다. 그곳에 있는 생물들은 보통을 넘는 것들이다.

인력이 제법 투입돼도 피해가 클지도 모른다.

[련주가 아주 틈을 잘 노렸군요.]

—그나저나 운남이라…….

[문제가 있는 거예요?]

—아니다.

말은 그리했지만 독존황으로서는 꽤 심경이 복잡했다.

'운남으로 계속해서 이끌리는 거 같지 않은가. 결국 어쩔 수 없는 것인가. 흐음…….'

그에게는 계속해서 걸리는 바가 있었다. 아주 오래전부터 해 왔던 그만의 고민들 중 하나이기도 했다.

하지만 이미 육신이 죽어 버린 몸이기에 아주 오래전의 일은 잊기로 마음을 먹었던 독존황이다. 헌데 돌아가는 상황이 묘하게 돌아갔다.

상황을 보아하니 사혈련과 무림맹이 부딪치는 것을 제대로 파악하기 위해서라도 운남으로 가야 할 판이었다.

왕정의 입장에서는 혼란스러운 상황을 잘 파악해야만 했다. 공적이 되고 갈 곳 없는 지금의 처지를 해결하기 위해서는 상황 파악이 우선이기 때문이다.

'전이라면 사혈련에 투신하는 수도 있겠지만…… 그것도 어림도 없어졌지.'

화전민 사람들이 억울하게 죽는 것에 참지 못하고 살수를 휘둘러 사혈련의 무사들도 죽이지 않았던가?

련주의 딸을 치료한 것으로 그동안의 은원은 넘겨주었다지만, 두 번을 그리 해 줄지는 모를 일이다.

왕정이 화전민 사람들을 위해서 손을 쓴 것을 실수라 생각하지는 않으나 돌아가는 상황이 묘했다.

무림맹에서는 공적이 되고, 사혈련에게는 새로운 은원이 생겨버린 갈 곳 없는 처지가 된 왕정이다. 마치 미리 짜놓은 각본처럼 그리 되었다.

'그곳으로 이끌어 가는 것 같군…….'

독존황이 한참을 생각하는 동안 왕정은 심문을 마친 듯했다.

"수고했다."

"그, 그럼 풀어주시는……."

"아니지."

사람을 장난처럼 죽이는 무사들에게 인정을 베풀 생각은 없는 것인지 왕정은 그대로 사혈련 무사들의 사혈을 짚어 죽여 버렸다.

적이라 판단하면 사냥꾼의 기질로 냉정하게 적을 죽이는 그다웠다.

화전민 사람들이 마을을 수습하는 것을 가만 지켜보던 왕정이 독존황에게 말했다.

"운남에 가 봐야겠는데요?"

―……그래. 그러려무나.

어쩐지 전생의 인연이라는 것은 지독히도 이어지는구나라고 생각하는 독존황이었다.

"가보죠."

미리 사 놓은 것이 있으니 챙길 것도 별로 없었다. 가서 임시 거처만 정리하면 그대로 움직여도 될 정도다.

마음을 먹은 왕정이 바로 그 자리에서 마을을 벗어났다. 그리고 그가 떠난 빈자리, 그 자리를 하염없이 바라보는 아이가 하나 있었다.

*　　　*　　　*

지난 시간 동안 당가 가주의 명을 들어 이면을 찾기 위해서 분투를 벌였던 당이운이다.

강도질을 하는 자를 추격해 보기도 하고, 살인자를 심문했으며, 불타는 곳에 찾아 흔적을 찾기도 했다.

그 나름대로 꽤 노력을 한 것이다. 노력 끝에 결론을 얻어냈다. 그 덕분인지 당이운은 오랜만에 신이 났다.

그가 기쁜 얼굴을 하고 급히 가주실을 찾은 것은 당연한 이야기였다.

"알아냈습니다."

"그래? 무엇을 알아냈더냐?"

가주는 당이운의 방문을 미리 예상하고 있었던 듯했다. 놀라는 기색도 없었고, 무얼 말할지 미리 예상한다는 태도다.

애써 고생을 해서 정보를 얻어 온 당이운으로서는 기운이 빠지는 상황이지만 그래도 보고를 올렸다.

"사혈련의 목적이 무엇인지를 알아냈습니다."

"무엇이더냐?"

"운남을 노리기 위함이었습니다!"

"맞았다."

당가 가주의 놀람을 기대했던 당이운으로서는 맥이 빠지는 짧은 대답이었다. 게다가 당가 가주는 약간이지만 당이운에게 실망의 눈초리까지 보냈을 정도다.

'대체 왜?'

지난 시간 동안 끊임없이 노력해서 알아 온 것이거늘, 이런 맥 빠진 상황이 될 줄이야.

기쁜 얼굴로 가주실로 들어왔던 당이운으로서는 작금의 상황이 당황스러울 뿐이었다. 아니 화가 미칠 정도였다.

자신에게 기대를 걸던 아버지이자 가주가, 근래에 들어서는 총애는커녕 그에게 힐난을 할 뿐이기 때문이리라.

"이미 알고 계셨던 것입니까?"

"그래. 이주 전부터 파악을 했다. 운남에 암전대(暗箭隊)도 보내 놓았다."

이주 전에 암약을 전문으로 하는 암전대가 파견 나갔을 정도라니. 자신이 사천성에서 조사에 전념하고 있었던 동안 벌써 움직이기까지 한 것인가?

'대체 어떻게?'

사천성 내부에서 가주는 아무런 행동도 하지 않았다.

자신이 어떻게 조사를 하는지 지켜볼 요량인 것인지 도움은커녕 오직 방관만을 했을 정도다.

그런데 그런 아버지가 자신보다도 이주나 빠르게 상황을 파악했다. 이게 어떻게 가능했던 것일까?

"아직 모르겠느냐?"

"예. 솔직히 모르겠습니다."

"후우……."

요즘 들어서 늘어난 가주의 한숨이다. 총애하던 아들이 실전에서는 영 머리를 쓰지 못하니 내뱉는 한숨이기도 했다.

하지만 가주로서는 달리 선택권이 없었다. 딸 당혜미를 제외한 다른 자식들은 제 구실도 하지 못한 상태다.

그때의 '사건' 이후로 폐인이 되다시피 했다. 무공을 익히기는 하나, 그 무공을 실전에 쓸 줄도 몰랐다.

심약한 아이들이었기에, 오직 당이운만을 믿고 기대를 해 왔던 가주다. 다음 대의 가주로 당이운을 낙점했던 것이다. 세가의 사람들도 이미 그리 알고 있었다.

그러니 이제 와선 다른 아들로 바꿀 수도 없다. 그러니 당이운에게 제대로 교육을 해내야 했다.

"내게 조사를 하라 말하면서 무엇을 말했더냐?"

"이면을 알아보라 하셨습니다."

"그렇다면 그 이면은 오직 사천에게만 국한되겠느냐?"

"아……."

조사라는 행위에만 집중을 하느라 주변을 파악하지 못한 당이운이다. 그가 조금만 더 주변에 신경을 썼더라면 좀 더 빨리 알아냈을지도 모른다.

"일을 벌인 자들은 사혈련이다. 그렇다면 사천에만 집중할 것이 아니라…… 사혈련에도 신경을 써야 했다. 그리 했으면 너 또한 이주 전에 알아냈을 게다."

"……죄송합니다."

"되었다. 아직 많은 경험을 쌓지 못해 그러한 것이겠지."

"……."

그제야 자신이 무얼 잘못한지 파악한 당이운은 그저 침묵할 뿐이었다. 그러면서도 얼굴이 벌게진 것을 보면 자신이 실수한 것에 대해서 화가 난 것이 분명했다.

'쯧…… 혜미가 남아였으면……그 공적의 일도 제대로 처리를 했겠지.'

정파인답지는 못해도 가주로서 능력은 있는 현 당가주

다. 그와는 다르게, 앞날이 걱정되는 당이운이다.

못마땅하나 달리 수는 없다. 가르치는 수밖에는.

"자, 이유를 알았으니 다음에는 어찌 움직여야 할지 선택해야겠지. 사혈련이 운남으로 가는 것은 점창을 노린 것일 터."

"그렇습니다."

"그렇다면 점창을 도울 것이냐? 아니면 관망을 할 것이냐? 네 선택은 무엇이더냐!"

"저는……."

당이운의 선택은 정파인다운 선택은 아니었다. 허나 당가의 가주로서는 만족스러운 선택이기도 했다.

"뚫어라!"

"예!"

당가가 관망만 하는 채로 점창은 사혈련 무사들의 침입을 받고 있었다. 물론 점창이 위치한 대리시(大理市)까지 직접적으로 온 것은 아니다.

그리되면 무림맹으로서도 나설 수밖에 없었다. 하지만 그를 대신해서 그들은 운남의 외곽에서부터 공략을 하기 시작했다.

보통은 이러한 상황으로도 전면전이 벌어질 수도 있다.

하지만 무림맹 자체가 현재 내분에 휩싸여 있는 상황인 지라, 운남의 일에 제대로 대응을 하지 못하고 있었다.

사혈련이 무림맹의 상황을 제대로 짚고 들어온 것이다. 사혈련의 이번 목표는 영역 확보였다.

귀주를 넘어서 운남에 있는 점창의 영역을 가지게 되면 그들로서도 득이 많을 것이다.

점창의 명성은 땅으로 떨어지게 되며, 사람들은 무림맹 을 상대로 한 사혈련의 우세를 점칠 것이다.

세력 간의 싸움은 기세가 반은 먹고 들어가니, 그것만으 로도 사혈련의 입장에서는 감지덕지다.

무림맹에 비해서 반수는 떨어진다는 세간의 평을 만회할 수 있게 되는 것이다.

그걸 알아서인지 운남에 여러곳을 침투하기 시작한 사혈 련 무사들은 아주 열심히였다.

"부수지는 마라. 무인들부터 노려!"

"명!"

그들답지 않게 양민들은 공격하지 않을 정도다. 자신들 의 세력 하에 놓을 사람들이니 죽이지 않는 것이다. 죽으면 써먹지를 못하니까.

점창의 입장에서는 난리가 났다. 안 그래도 점창파는 때 때로 구파일방의 변두리 취급을 받던 문파다.

운남이 제대로 발전하지 못한 것도 있지만, 때가 되면 등장하는 독곡 탓이다. 다행히도 근래에는 독인이 출몰하지 않아 한시름 놓았던 그들이다.

덕분에 성세를 꽤 자랑하기 시작했고, 하운성 같은 고수들이 여럿 나오기도 했다. 이제는 명실상부 구파일방다운 세를 자랑하는가 싶더니 이게 무슨 일인가?

하운성이 왕정에게 지고 왔다는 것을 들은 지 몇 달 되지도 않았는데, 사혈련 무사들의 침공이 시작됐다.

"어서 전갈을 보내! 전서구는 어디 있는가!"

부랴부랴 무림맹에 전서구도 날려 보지만, 소용이 없는 것을 점창에서도 알았다.

무림맹에서 그들을 돕기에는 거리가 너무 멀었다. 잘해야 사천에 청성, 아미, 당가 정도다. 그 때문에 평소 당가와 친분을 쌓아오기도 했다.

'과연 소용이 있을꼬……'

하지만 어디 문파끼리의 일이라는 것이 친분으로만 돌아가는 것이던가. 실익이 없다면 사천의 문파들이 움직이지 않을 것을 뻔히 알았다.

정파라고 표방하고는 있지만 오랜 평화가 지속되다 보니 다들 변질이 되어 버린 것이다. 개중에 그러지 않은 문파들도 있긴 했지만 적어도 청성과 당가는 아니다.

아미파의 경우에는 그 정신은 고매하나 고수들이 몇 없어서 청성을 도와주기 힘들 것이다.

"이 일을 어찌한단 말인가……."

상황이 암담하기 그지없었지만 자신들의 영역을 침범하는 데 가만 지켜보고 있을 수만은 없었다.

"당장 모두 청심전(淸心殿)에 모으도록 하거라. 대응을 하러 나갈 것이다."

"예!"

점창의 무인들이 순식간에 모여들었다. 운남에 퍼져 있는 여러 속가제자들과 중소문파의 사람들도 모여들었을 정도다.

다행히도 점창의 세력은 자신들을 위해서 단결을 할 줄을 알았다. 그 안에는 청성에게서 실망을 얻고 온 하운성도 있었다.

"사특한 무리들이 운남을 침공해 왔다!"

점창 장문인의 말대로다.

점창의 역사라 그랬다. 그들은 독곡에 시달려 왔다. 독곡이 아니어도 서장의 마교 무리가 덤벼든 적도 있을 정도였다. 부침이 많았으나 그들은 버텨내 왔다.

"우리는 언제나 그래 왔듯 운남을 지킬 것이다. 전대에도 그러했고, 전전대에도 그러했다! 그러니 청성의 무인들이여! 모두 가자!"

"우와아아아아아!"

한껏 사기를 끌어 올린 점창의 무인들이 사혈련을 상대로 움직이기 시작했다.

"점창이다!"

"막아!"

자신들의 영역이 될 것이라 여기며 학살은 자행하지 않던 사혈련의 무사들과 자신들의 땅을 지키기 위한 점창의 무인들이 부딪치게 되었다.

"크아악."

분광검의 검이 빛을 조각낼 때면 사혈련의 무사들 또한 조각이 났다. 실전적인 점창의 검이 그대로 살수가 되어 펼쳐졌다.

사혈련의 무사들이라고 가만있었던 것은 아니다. 점창에게 쉽게 밀릴 것이라 여겼다면 처음부터 오지도 않았을 것이다.

퍼어어억!

사혈련의 정예 무사들은 자신들의 무기를 크게 휘둘러가며 점창의 무인들을 곤죽을 내기 시작했다.

점창과 사혈련의 전투가 점차 치열해져 가고 있었다. 운남을 제외한 그 어느 곳의 문파도 그들을 돕지 않건만 점창의 무인들은 그 누구보다 용감히 맞서 나갔다.

사혈련의 세력에 밀리는 것을 알아도 자신들의 세력을 지켜내기 위해서 초개와도 같이 목숨을 버렸다. 고향을 지키겠다는 사명이 있기에 가능한 일이리라.

그 광경을 멀리서 지켜보는 이가 있으니, 귀주의 서쪽에 서부터 달려 온 왕정이었다.

"서걸 어째야 할까요? 흐음…… 점창 입장에서는 억울하기만 하겠네요."

사혈련에 은원은 없다. 마음에 들지 않는 것은 있지만 원한까지는 아니다.

쓰레기 같은 사혈련의 무사들이 신경 쓰이기는 하지만 그들을 모두 죽일 수는 없지 않은가. 그럴 능력도 되지 않는다. 그러니 쓸데없는 짓을 할 수는 없었다.

'그런데 아무리 생각해도 마음에 들지 않는단 말이지.'

자신이 만든 무림맹의 틈을 노리고 와서 운남의 점창을 공격하는 것이 마음에 안 드는 왕정이었다. 너무 얍삽하지 않은가.

게다가 사혈련의 무사들을 상대로 힘을 쓰고 있는 점창 무인들의 분투를 보고 있노라면 장엄함까지 느껴질 정도 다. 자신들의 고향을 지키고 있는 그들은 진정으로 정파의 무인들다웠다.

점창의 하운성과 대결을 벌인 뒤 그에 대한 호감이 조금 생겨서 그런 마음이 크게 들고 있는 걸지도 몰랐다.

그와는 목숨을 걸고 싸웠지만, 꽤 많은 교류를 한 듯한 기분은 그때 처음 느꼈었다. 자신이 느낀 감정이지만 지금도 신기할 정도다.

게다가 그런 호감이 아니더라도 운남의 상황은 신경을 쓸 필요가 있었다.

"여기가 할아버지의 고향이라고 했지요? 손주 되는 저에게까지 끝까지 숨기던 곳요."

—그래. 이제는 인연이 없을 거라 생각했던 곳이지. 네게 짐을 씌우는 거 같아 피하고 싶었던 곳이기도 하다.

"에이. 그런 게 뭐가 짐이겠어요."

자신의 할아버지가 된 독존황의 터전이었던 곳이 운남이다. 허나 그는 이곳을 오고 싶어 하지 않았다. 전생의 짐이라 말하지만, 무언가 말 못 할 사연이 있는 것이리라.

왠지 그런 터전을 사혈련이 노리고서 온 것도 마음에 안 들기는 했다. 여러모로 사혈련이 마음에 안 든 상태다.

'모두를 적으로 만들 수는 없긴 하지만······.'

적어도 사혈련이 이곳을 침범하는 것을 막을 수 있지는 않을까? 아니면 적어도 몰래 도움 정도는 줄 수 있지 않겠는가.

점창이 물론 독존황이 속했던 곳은 아니다. 독공을 사용하는 그가 구파일방 출신일 리는 없었다. 허나 운남은 그가 속했던 곳이다. 그러니 운남은 운남대로 현상 유지만 하게 두는 것도 방법이라면 방법이 아닐까?

말도 안 되는 셈법이지만 왕정은 앞으로 이어질 자신의 행동에 당위성을 만들기 위해서 별의별 핑계를 만들고 있었다.

"사혈련이나 무림맹이나 저 받아 줄 곳도 없으니…… 가아죠. 그리고 지금 하는 건 할아버지 고향 방문 선물 정도로 해두죠 뭐."

─말도 안 되는 소리 말거라. 허허.

"제가 원래 그렇죠 뭐."

왕정이 갖은 핑계를 대는 이유는 뻔했다. 사혈련 무사들의 행사를 방해하는 하려는 속셈이리라. 화전민촌에서 벌인 사혈련 무사들의 일이 마음에 들지 않아서 방해를 하는 것이 분명했다.

그럼에도 고향 방문이니 뭐니 하는 말도 안 되는 핑계를 대는 것을 보면 왕정다웠다. 그만의 귀여운 표현 방식이랄까?

"후후……."

악동 같은 웃음을 지으며 사혈련의 뒤를 은밀하게 노리는 왕정이었다…….

〈다음 권에 계속〉

사도연 신무협 장편소설

ORIENTAL FANTASY STORY & ADVENTURE

용을 삼킨 검

「천마본기」의 작가!
사도연 신무협 장편소설!

"우리 성아는 커서 뭐가 되고 싶니?"
"영웅! 세상을 구하고 누나도 지키는 멋있는 영웅!"
하지만…… 세상은 나를 영웅이 아닌 악마로 만들었다.

dream
books
드림북스

가우리 신무협 장편소설

ORIENTAL FANTASYSTORY & ADVENTURE

대한민국, 강철의 열제 가우리가 돌아왔다!
전쟁터에서 필사적으로 굴러먹던 인간 장무위,
그에게도 마침내 기연이 찾아왔다.
삼류도 되지 못했던 한 남자의
처절한 일대기가 이제 시작된다.

dream
books
드림북스

시니어 신무협 장편소설
ORIENTAL FANTASYSTORY & ADVENTURE
일보신권
문피아 골든 베스트 1위, 그 빛나는 영광!
시니어 신무협 장편소설
천하를 놀라게 한 파격적인 소림무공,
그 비밀은 배고픔과 절제!
이제 무공도 근검절약의 시대,
최소한의 움직임으로 최대의 효과를 얻는다!
dream books
드림북스